KB170711

실은 아주 작은 불안이었어

일러두기

◦ 이 책의 내용은 2022년 3월 25일부터 4월 1일까지 저자가 1주일간 코로나 자가
격리를 할 당시에 생각했던 것들을 바탕으로 쓴 것이다. 이 시점을 기점으로
지난 10년을 되짚으며 자신이 집착했던 것들에 대한 이야기를 전한다.

실은
아주 작은

불안이었어

애정하고
미워했던
내 안의
집착들에
대하여

txt.kcal

오직 나답게 살아갈 수 있는,
그 유일한 방법을 찾아서

코로나 양성 판정을 받았다. 며칠간의 몸 상태와 자가
키트 결과를 보고도 쉽사리 받아들일 수 없었다. 그동
안 방역 수칙도 철저히 지켜왔고, 친구들과 거의 만나
지도 않았기 때문이다. 평소 감기도 1년에 1번 걸릴까
말까 했기에 코로나도 거뜬히 비켜갈 줄 알았다. 그러
나 예상은 빗나갔다. 아침에 눈을 뜨니 온몸이 '코로
나다!'라고 외쳐댔다. 목은 부어서 침 삼키는 것조차

힘들었고, 팔다리는 근육통으로 욱신거렸다. 발끝에서부터 이마까지 느껴지는 뜨거운 열은 고등학교 때 걸린 신종 인플루엔자 이후로 처음 느껴보는 것이었다. 침대와 한 몸이 된 나는 그나마 움직일 수 있는 눈꺼풀을 깜빡이며 이 현실을 받아들이려고 노력했다. 드디어 내게도 차례가 왔구나.

많은 사람이 그러했듯, 나도 맨 처음 한 자가 키트에서 바로 양성이 뜨지 않았다. 연속으로도 해보고, 시간 간격을 두고도 검사해봤지만 계속 음성이 나왔다. 하지만 이 몸과 30년간 살아봐서 너무나 잘 안다. 이것은 감기가 아니라 코로나임이 분명했다. 언제까지 음성이 나오나 보자 싶은 심정으로 매일 검사를 했다. 결국 3일 차에 양성이 떴고, 곧바로 PCR 검사를 받았다. 다만 억울하고 아이러니한 것은 양성 판정을 받고 났더니 오히려 하나도 아프지 않았다는 것. 멀쩡하다. 아니, 컨디션 최고조다.

쉬고 싶지 않은데 쉬어야 한다니. 이보다 더한 괴로움이 있을까? 내가 평범한 직장인이었다면 아마도 이러지 않았을 것이다. 대낮에 샴페인을 따서 먹거나,

가장 편안한 옷을 입고 어느 떡볶이를 배달해 먹을까 행복한 고민을 하거나, 1주일 동안 볼 영화들을 신나게 리스트업했을지도 모른다. 그러나 나는 이 시간이 마냥 달갑지 않았다. 또 무엇을 하며 시간을 '채워야' 할지 덜컥 겁부터 났다.

내 직업은 배우다. 남들보다 시간 제약이 덜한 편이라고 해야 할까, 아니면 더더욱 제약이 있다고 해야 할까. 무튼, 작품이 있을 땐 짧겐 하루, 길겐 1년간 작품에 임하지만, 작품이 없으면(즉, 거의 대부분의 시간엔) 내가 하고 싶은 일들을 하면서 보낸다. 20대 초반엔 작품이 끝난 후 갑자기 생긴 여유 시간을 어떻게 활용해야 할지 몰라 그저 흘려보냈다. 아주 많이 놀았던 것으로 기억한다. 그러다 소속사에 들어간 이후부턴 회사 평가와 연기 레슨들로 시간을 채우며 유익하게 보냈다. 이렇듯 반복되는 지루한 루틴 없이 매번 새로운 일상들을 살아왔다. 그 속에 짜릿함도 있었지만, 정해지지 않은 나날들에 대한 불안감도 은은하고도 짙게 깔려 있었다.

자그마치 10년 동안 이렇게 살았다. 비교적 자유

롭게 보냈지만 그 '자유'를 얻기 위해 지불해야 하는 대가는 혹독했다. 남들과 다른, 내가 선택한 이 삶을 책임지기 위해 치열하게 싸우고, 실패하고, 도전했다. 스스로 많은 것들로부터 격리한 채 그 틀 안에 갇혀 살았다.

쉬는 시간이 주어져도 마냥 쉴 수 없었다. 언제든 배우로서 일할 수 있도록, 동시에 일하지 않는 시간을 채우기 위해 파트 타임 위주의 일을 했고 다양한 직업을 가졌다. 지금은 총 5가지 일을 하고 있다. 배우, 작가, 제작자, 독립 출판사 대표, 타 출판사의 마케터. 요즘 MZ세대에서 유행한다는 자랑스러운 N잡러다. 매일 해야 할 일을 만들어내고, 쉬지 않고 계속해서 움직였다. 그러나 코로나로 인해 강제로 휴식 시간을 갖게 되면서, 바쁘게 살며 겨우 잠재웠던 내 안의 불안들과 마주했다. 그리고 불안을 견디기 위해 스스로 집착했던 것들이 무엇이었는지 비로소 자각했다.

이 책은 지난 10년간 나 자신과 더불어 술, 담배, 음식, 돈, 사람에 의존하며 오히려 나를 갉아먹었던 그 시간들과 솔직한 단상들을 담은 책이다. 어떤 집착은 다행히 깨닫고 벗어났지만, 어떤 집착은 아직도 벗어나기 위해 노력 중이다. 집착하는 마음을 비워내는 과정은 꽤나 길었다. 그리고 지금, 생각보다 그것들이 없음에도 제법 괜찮은 나날을 보내고 있다. 이 책을 읽는 여러분에게도 전하고 싶다. 그러니 급할 필요 없다고, 그래도 괜찮다고, 조금만 더 자신을 아껴보자고. 우리가 느끼는 이 불안은, 실은 아주 작은 불안일지도 모른다고 말이다.

part 1

마시고 또 마시며
겨우 삼킨 감정

타고난 술꾼 기질,
그거 하나만 믿고

술이 태생적으로 잘 받는다. 타고났다. 오해를 방지하고자 말해두지만, 술이 잘 받는다고 해서 주량이 센 것은 절대 아니다. 요즘은 소주 1병이면 걸쭉하게 취한다. 그러므로 여기서 '타고났다'의 말은 '남들보다 비교적 큰 부담 없이 알코올을 해독할 수 있는 간을 가지고 이 세상에 태어났다'는 이야기로 받아주길 바란다.

일 끝나고 1잔, 피곤하면 2잔, 오랜만에 봤으면 달려, 그게 아니어도 짠, 비 오면 파전에 막걸리, 삼겹살엔 소주, 호감 있으면 샴페인, 더 알아가고 싶으면 와인, 친해지면 치맥, 여름엔 생맥, 겨울엔 도쿠리. 술을 마시는 행위가 어느 누구에겐 연중행사일 수 있지만, 내겐 일상이다. 술을 한동안 안 마시면 몸이 먼저 알아서 움직인다. 자연스럽게 슬리퍼를 신고 편의점으로 향한다. 또한 술이 쓰고 불쾌하다는 사람들이 있는 반면, 나는 디저트가 따로 필요 없다. 내게 있어 술이 바로 디저트이기에.

약 10년 동안 정말 다양한 주종을 접하며 나름의 취향이라는 것이 자리잡았다. 시판 주스 베이스의 칵

테일 빼고 모두 환영이다. 그리고 이왕 마시는 거 경제적으로 도수가 조금은 있는 것을 선호한다. 맥주는 라들러는 사절이지만, 도수 5퍼센트 이상의 에일 500밀리리터 4캔이면 아주 무난하게 밤을 보낼 수 있다. 와인은 레드보단 드라이한 화이트가 좋다. (이전에 출간했던 《신인일기》의 작업 당시엔 1개월 동안 매일 엔젤 디비니따 화이트를 꼭 1병씩 마시기도 했다.)

잠깐 막걸리에 빠진 적도 있었는데, 여러 종류를 도전했지만 돌고 돌아 장수막걸리로 결국 정착했다. 양주는 본가에 내려갈 때마다 엄마에게 3단 애교로 "주세요" 하고 받아오는 것이 전부라 아직 친하진 않다. 도수가 세고 향이 아주 진국이긴 하지만 막판엔 향이고 뭐고 많이 취했던 터라 끝이 늘 좋지 않았다. 템포를 맞추기엔 경험이 더 필요할 것 같다.

이 모든 주종을 통틀어 가장 긴 세월 함께한 것은 뭐니 뭐니 해도 소주다. 지금은 주량이 1병 정도지만, 한참 즐겨 마실 땐 주량이라는 것도 없이 아침 해가 뜰 때까지 마셔도 무사히 당일 일정을 소화할 수 있었다. 함께 마신 친구들이 숙취 때문에 괴로움을 토로

할 때면 '내가 정말로 술이 잘 받는 체질이구나'를 실감했다. 그들이 화장실을 들락거리거나 두통에 머리를 쥐어짤 때 혼자만 멀쩡했다. 더 나아가 "숙취가 뭐야?", "어디가 왜 아픈데?", "어떤 느낌이야?" 같은 질문들을 던지기도 했더랬다. 놀리는 것도 아니고.

나는 술을 마실 수 있는 합법적인 해인 2012년, 만 19살에 마시기 시작했다. 보수적인 집안에서 자랐기에 그 전에 부모님 몰래 술을 마셔본다거나 호기심으로 술을 마셔보는 것은 있을 수 없는, 전혀 상상도 하지 못할 일이었다. 중학교 때 친구들끼리 샤브샤브 뷔페에 가서 몰래 맥주를 따라와 돌아가면서 딱 한 입씩만 마셔보자고 했을 때도 내 관심은 온통 샤브샤브 고기뿐이었다. 그로부터 불과 몇 년 뒤, 거부감 하나 없이 기분을 좋게 해주는 이 마술 같은 액체가 내 인생에 큰 부분을 차지하게 될 줄 누가 알았을까. 성인이 된 후엔 고기는 그저 거들 뿐, 술로 목 축이는 일에 열과 성을 다했다.

언제, 어디서, 누구와 처음으로 술을 마셨는진 정확히 기억은 안 난다. 기억이 흐릴 정도로 과한 음주

자리였다는 사실만 확실하다. 아마 고등학교 친구 둘과 그 당시 자주 놀았던 홍익대학교 근방에서 이 긴 역사의 서막을 열지 않았을까 싶다. 우리 셋은 홍익대학교 밤거리에서 수많은 역사를 남겼다. 그중에서도 아직까지 자리를 지키고 있는 '마익스케빈'이라는 술집에서 몇 달 동안 매주 꾸준히 만나면서 젊음을 한껏 낭비했다. (참고로 1명은 최근에 결혼해서 하와이로 신혼여행을 다녀왔고, 다른 1명은 로스쿨 준비를 하다 진정한 꿈을 찾아 와인바 오픈에 힘쓰고 있다. 그리고 나는 그 시절을 회상하며 글을 쓰고 있다. 우리 셋은 현재 각자 다른 길을 걷고 있지만, 당시만큼은 한마음 한뜻으로 어깨를 나란히 하며 당당히 밤거리를 활보했다.)

마익스케빈은 비교적 저렴한 술값에, 항상 젊은 친구들과 외국인들로 북적거렸다. 그곳에서 흘러나오는 라틴 음악과 1990년대 미국 팝송에 맞춰 우리 셋은 미친 듯이 춤추며 놀았다. 또한 시그니처 칵테일인 아디오스 마더 퍼커(Adios Mother Fucker, 대충 '안녕, 이젠 넌 죽었어' 이런 뜻인 것 같다)를 꼭 시켜 먹었는데, 언제나 안녕만 했지 죽진 않았다. 술에 취해서 노는 것이 그저 즐거웠던 때였다. 술자리와 그 속에서 시너지가 일어나는 우리의 에너지, 부대끼는 사람들, 처음 느껴보는 감정, 그곳만의 분위기, 무엇보다 술을 잘 마시는 내가 좋았다. 남들보다 더 많이 마셔도 전혀 문제가 없었기에 나는 술이 주는 자유로움을 조금이라도 더, 자주 느끼고 싶어 했다. 그래서 20대 초반에 술자리가 가장 많았다. 그야말로 날아다녔다.

신입생 환영회, 동아리 회식, 대학 축제, 옆 학교와의 미팅, 소개팅 등에 갈 때마다 사람들은 꼭 내게 한마디씩 했다. "넌 왜 이렇게 잘 마셔?", "숙취가 어떻게 없을 수가 있어?", "잘 마시니까 보기 좋다" 등 듣기 좋은 말들을 주로 들었고, 술 잘 마시는 것이 곧 자랑스러운 능력이 됐다. 과거에 내가 갔던 술자리들은 전부 술을 '잘' 마셔야만 인정했고, 술을 '빼면' 좋지 않은 시선으로 바라봤다. 술자리에서 끝까지 살아남은 자가 승자고, 먼저 뻗은 사람은 재미없는 사람으로 보기도 했다. 선배들은 술을 잘 마시는 내 모습을 좋아했고, 동료들은 술을 많이 마시고도 멀쩡한 나를 신기하게 봤다. 광란의 술자리를 가지다 보면 종종 취하긴 했지만 같이 마신 사람들보단 늘상 덜 취했기에 거기서 우월감을 느끼지 않았다면 거짓말이다. 어린 착각에 취해 자주 술자리를 가졌고, 동시에 그곳에서 내 자존감을 높였다.

많은 애주가가 공감할 멘트겠지만, 이 모든 것이 가능했던 것은 지극히 한순간이었다. 정확히 27살부터 몸에 변화가 생겼다. "그거 평생 안 가", "너도 언젠간 힘들어질 걸?", "해장 안 하면 속 아파" 같은, 사람들이 내게 들려준 경고가 하나둘 떠올랐다. 평생은 무슨, 고작 3년밖에 지나지 않아 확실히 예전과는 달리 몸에서 반응을 보이기 시작했다.

내 인생 첫 숙취를 겪은 곳은 놀랍지 않게도 홍익대학교 근방이다. 친구와 둘이서 홍익대학교 삼거리에 있는 포차에서 평상시와 같이 놀았다. 술만 주구장창 마셨고, 결국엔 취해버렸다. 무거운 눈꺼풀을 3번 정도 깜빡였을까? 눈을 뜨니 밖은 대낮이었고, 처음 와본 하숙집에 와 있었다. 같이 마신 친구도 옆에 없었고, 하필 휴대폰 배터리도 나가서 이 집이 친구 집인지도 모른 채 혼란스러워하다가 하숙집 주인의 따가운 눈초리를 받고 서둘러 나왔다. 한여름에 홍익대학교 거리를 좀비처럼 걸으며 "물, 물…" 하고 읊조렸다. 이러한 혼란도, 두통도, 갈증도 전부 새로운 경험이었다. '다신 술 안 마셔야지'라고 난생처음 생각했다.

숙취라는 것은 '힘들다'라는 말론 표현이 안 될 정도로 정말 고통스러운 것이었다. 해장의 개념은 단지 속을 달래기 위함이 아닌, 하루의 삶을 이어가기 위한 생존 수단에 가까웠다. 그러나 이 사실을 정확히 알고 난 뒤에도 2년은 더, 그러니까 29살까지 매일매일 술을 마셨다. 숙취에 시달리는 날이면 그 고통을 덜기 위해 해장술을 마셨다. 1년 365일 중에 장장 360일을 술과 함께했다. 친구들과 마시지 않을 때면 혼자 술을 마셨다. 원래부터 뭐든 혼자 하는 것을 즐겨하는 편이라 혼술은 너무나 자연스러운 흐름이었다.

혼술이 어느새
중독으로

22살, 첫 자취방을 구했다. 그동안은 늘 룸메이트들과 살았기에 온전히 혼자 사는 것은 처음이었다. 걱정도 있긴 했지만, 그보다 설렘과 기대감이 컸다.

부동산에 대한 정보가 전무한 상태에서 앞으로 혼자 살게 될 집을 신나게 찾아다녔다. 그리고 결국 사회초년생이 범하기 너무나도 쉬운 실수를 저질렀다. 학교는 중퇴하고 연기에 전념하기 위해 학원과 도보 10분 거리인 강남구 청담동에 집을 구했다. 그 동네가 서울에서 제일 비싼 동네인진 계약 후 얼마 뒤에 알았다. 더군다나 복층 로망에 사로잡혀 해도 잘 들지 않는 작은 창문 하나가 겨우 딸린 4평짜리 복층 집을, 그것도 단기임대로 구했다. 좋은 집을 구하는 것은 실패했지만 아는 사람 1명 없는 이 낯선 동네가 향후 내 20대의 가장 소중하고 중요한 순간들을 안겨줬다. 당연하게도 이 모든 과정에서 술은 빠지지 않았다.

술을 좋아했고 잘 마셨지만, 이사 후 한동안은 술을 마시지 못했다. 학원 하나만을 보고 이사했기 때문에 근처에 함께 술을 마실 친구가 없기도 했지만, 무엇보다 새로운 환경에 적응하는 데 정신이 없었다. 말

그대로 '여기는 어디, 나는 누구' 상태였다. 짧고 굵게 고민한 뒤, 일단 돈부터 벌어야겠다고 생각했다. 기왕 이면 술을 마실 수 있는 아르바이트를 하면 더 좋겠다 싶었다. 철없게 느껴지는 이 일련의 생각들이 당시엔 일석이조라며 그런 아이디어를 떠올린 스스로를 대견해했다.

지금은 없어졌지만, '랠리몽키'는 강남구 도산공원 근처에 있었던 꽤 유서 깊은 술집이다. 통유리로 된 인테리어가 예뻐 눈길을 사로잡던 곳이었다. 때마침 아르바이트 모집 공고가 나왔길래 망설임 없이 면접을 보러갔다. 술이라곤 소주와 맥주밖에 알지 못하고, 아르바이트 경험이라곤 1개월 카페 아르바이트가 전부이며, 머리부터 발끝까지 그곳과 어울리는 구석이 하나도 없었다. 22살에, 연기 지망생에, 정말 아무것도 모르는 나였지만 일단 최선을 다해 무조건 열심히 하겠다고 했다. 다행히 사장님은 무모한 패기 뒤에 숨은 일하고 싶은 내 진심 어린 열정을 받아줬다. 그 이후 평일 저녁 10시부터 새벽 2시까지 일하기 시작했고, 방황하던 밤들에 마침표를 찍었다. 이제 나는 밤에 돈도 벌고, 술도 마셨다.

위치 탓인지 고급 양주와 와인을 찾는 손님이 유독 많았고, 술을 베푸는 데도 전혀 망설임이 없었다. 그래서 일하며 친해진 손님들과 종종, 함께 일하는 아르바이트 친구들과 자주, 사장님과도 가끔 술을 마셨다. 그전엔 대학 친구들과 종로구 혜화동 지하 술집에서 사장님이 서비스로 준 감자튀김에 까르르 웃고 놀았다면, 랠리몽키에선 프랑스 샴페인인 돔 페리뇽을 나눠 마시고 트러플 오일이 둘러진 감자튀김을 먹었다. 까르르 웃는 거 하나 빼곤 전부 달랐다. 생전 처음 접하는 어른들의 세계에 금세 매료됐고, 어린아이처럼 하나하나 눈에 담기 바빴다.

그러던 중 그토록 간절히 바라던 일이 벌어졌다. 영화 〈두 남자〉 오디션에 붙은 것이다. 연기할 기회를 잡기 위해 이 동네에 왔기에 아쉬운 마음을 뒤로 하고 6개월 만에 랠리몽키를 그만뒀다. 일은 그만뒀지만 매일 밤 10시가 되면 술을 먹던 습관 때문에 자연스럽게 그 시간만 되면 집 바로 앞에 위치한 편의점에 들렀다. 촬영이 새벽 늦게 끝나도, 친구들과의 자리가 끝나도, 영화 회식이 끝나도 들렀다. 아무런 일정이 없는 날이면 해가 떠 있을 때 방문하기도 했다. 편의점 아저씨와 별다른 대화를 나눠본 적이 없었는데, 한번은 나를 슬쩍 쳐다보곤 살짝 옅은 미소를 지었다. 그 모습을 아직도 잊지 못하겠다. 어쩐지 그 미소가 내 혼술 의식이 훗날 수년간 이어질 것이라는 예견처럼 보였달까. 물론 미소의 의미는 불분명하나 이유 모를 불편함을 느껴 그날 이후 집 근처 편의점 3곳을 더 찾아서 계획적으로 돌아가면서 들렀다. 며칠 만에, 또는 오랜만에 술을 찾는 사람처럼.

혼술 초창기엔 편의점에서 와인을 1~2병 들고 나오는 경우가 대부분이었다. 랠리몽키에서 처음 와인 세계를 접하고 와인을 좋아하게 됐지만 가격 부담에 선뜻 선택하지 못했었는데, 그런 내게 편의점은 그야말로 구세주였다. 내 주머니 사정에 맞는 1만 원대 와인들이 즐비했고, 가격 대비 맛도 훌륭했다. 하지만 혼술 횟수가 잦아지면서 1만 원들이 쌓여 금세 10만 원이 훌쩍 넘었다. 아무리 철이 없었다곤 하나 아르바이트를 하면서 돈이 얼마나 소중한진 익히 알고 있었다. 열심히 일해서 모은 돈을 한순간에 사라지게 할 순 없었다. 다만 술은 마셔야 하니 선택지를 좁혔다. 빛의 속도로 와인 시대가 저물고, 마침내 기나긴 소주의 시대가 열렸다.

혼술을 시작한 첫 해엔 기본 2병, 많을 땐 최대 4병까지도 마셨다. 보통 해가 떨어지면 슬슬 술상을 준비했다. 술상이라고 해봤자 소주, 소주잔, 그리고 물잔이 전부다. 이상하게 술과 안주가 섞이면 속이 안 좋아져서 안주는 일절 먹지 않는다. (이것은 지금까지도 그렇다.) 대신 저녁을 든든히 먹고 소화가 어느 정도 되면 술을 먹었다.

술잔이 있는 책상은 오랫동안 내 마음의 안식처가 돼줬다. 나는 마음을 표현하는 데 서툴러도 너무 서툰 사람이었다. 화가 나도, 속이 상해도, 그 어떤 일이 있어도 혼자 해결하고 삭히기 바빴다. 유일하게 온 마음을 열고 진실되게 대화할 수 있는 곳은 내 방, 내 책상, 내 술자리뿐이었다. 그럴 때마다 자꾸만 술잔을 들었고, 혼자 모든 상황과 감정들을 소화하려다 과음하는 날도 많았다.

모든 것이 어색하고 낯선 20대 초. 영화 촬영이며, 인간관계며, 온통 긴장의 연속이었다. 최대한 안 그런 척했지만 나도 모르는 사이 분명 가면을 썼을 테고, 어깨는 경직돼 있었을 것이다. 그렇게 일정을 마치고 돌아와 술 한 잔 기울이면 그제야 가면이 벗겨지고 어깨 힘이 모두 풀렸다. 내게 이런 시간은 절대적으로 필요했다. 여러모로 술의 도움을 많이 받고 있다고, 술 덕분에 그나마 나답게 살고 있는 것이라고 생각했다. 불행 중 다행으로 그 착각은 자신감을 불러일으켜줬다. 예를 들면, 영화 〈두 남자〉 2차 미팅 때 긴장된다는 이유로 와인 여러 잔을 마시고서 연기를 했다. 호감 가는 상대와 있을 때 술이 있으면 마음을 고백하는 일이 쉬워졌다. 이외에도 더 많은 일들을 해나갈 수 있게 해줬다. 한동안 정말 그랬다.

무엇이든 과하면 탈이 난다고 했던가. 혼술을 하고 1년이 넘어가자 슬슬 문제가 발생했다. 친구들과 마실 때 실수를 해본 적이 없었는데 점점 문제되는 말과 행동을 하기 시작했고, 오디션 시간을 착각해서 가지 못하는 말도 안 되는 일도 생겼다. 블랙아웃되는 일도 잦아졌고, 술을 마시고 싶지 않을 때도 참지 못하고 소주 뚜껑을 땄다. 그 시점부터 술은 즐거움을 샘솟게 해주는 분수가 아닌 우울한 감정을 더 돋우는 윤활유 역할로 전락했다. 청담동에 작은 자취방을 구한 사회초년생의 실수는 앞으로 술로 발생될 알코올 중독자의 실수들에 비하면 아무것도 아니었다.

솔직하지 못해서,
그래서 쓰고 그렸다

"도대체 마시면서 뭐해?"

혼술을 한다고 하면 주변 사람들에게서 듣는 단골 질문이다. 이 질문에 몇 시간이나 되는 긴 밤들을 어떻게 잘 압축해서 한 문장으로 설명해야 할지 늘 난감했다. 열심히 답변을 찾다가 결국엔 '이것저것'이라고 얼버무리기 일쑤였다. '이것저것'이라는 것을 1년, 3년, 5년, 그리고 7년을 하고 나서야 그동안의 내 성의 없는 자동응답기 같은 답변을 발전시킬 수 있었다.

나는 혼술을 하면 일기를 쓰고 그림을 그린다. 정확히 말하자면, 보통 첫 번째 병 땐 일기를 쓰고, 두 번째 병부턴 그림을 그린다. 이후엔 그날의 분위기에 따라 더 마시기도, 일찍 술상을 치우고 잠을 청하기도 한다. 다음 날 촬영이 있으면 보통 일기에서 그쳤고, 특별한 일정이 없다면 밤새도록 그림을 그리기도 했다. 친구들이 놀러온 날에도 친구에게 잠시 기다리라고 하고 얼른 일기장에 하루를 정리하고 난 뒤, 재밌는 놀이가 있다며 친구를 설득해 바닥에 신문지를 펼쳐놓고 같이 그림을 그리기도 했다. 친구가 떠난 후엔 적막한 공기를 시끄러운 음악 또는 영화로 채웠다. 어쨌거나 일기 쓰며 1병, 그림 그리며 1병은 크게 달라지지 않는 나만의 혼술 루틴이었다.

혼술이 습관이 되기 훨씬 전부터, 일기와 그림은 원래부터 내 기나긴 밤을 함께해준 단짝이었다. 사실상 단짝 셋인 모임에 술이라는 친구가 슬쩍 낀 셈이다. 우리들 사이에 갑자기 등장한 친구치곤 우리와 잘 어울려도 너무 잘 어울렸다. 술과 친해진 후 이전보다 글을 쓰고 그림을 그리는 일이 더 좋아졌다.

간혹 블랙홀 같은 집중력으로 마음에 드는 글이나 그림을 남길 때도 있었는데, 그런 날은 다섯 손가락 안에 꼽는다. 대부분은 '오늘은 뭐 했고 내일은 뭐 하고 싶다' 정도의 기록이나 색칠 공부 수준의 그림이 전부다. (진짜 친한 친구들 사이에 있을 때의 가장 편한 모습이랑 비슷하다고 보면 된다.) 문학적인 문장을 쓰거나 예술적인 붓질을 할 것이라 생각한다면 큰 오산이다. 그렇다고 한들 뭐 어떤가. 나는 내 글과 그림이 좋다. 유아틱한 문장과 일차원적인 그림이더라도 하나도 부끄럽지 않다. 집에 놀러오는 사람들에게 자랑하기도 했다. (물론 좋은 피드백은 돌아오지 않았다.)

최근 몇 년 동안 일기장은 없어선 안 되는 애착 대상이었다. 어린아이에게 애착 인형을 뺏으면 바로 우는 것처럼, 옆에 일기장이 없으면 불안했고 어딜 가나 잊지 않고 들고 다녔다. 대학교에 다닐 땐 수업 시간에 수업은 안 듣고 일기장을 펴서 아무 글이나 썼고, 수업을 째고도 하는 거라곤 학교 앞 카페에서 일기 쓰는 것이 전부였다. 정말 사소한 일이라도 크게 다가왔던 때였기에 감정이 가득 담긴 글들을 주로 썼다. 평상시 호감 갔던 학교 선배가 나를 지나가면서 쳐다봤다? 그럼 바로 일기장 1장을 가득 채웠다. 남자 친구와 싸우고도 대낮에 카페 앉아 울면서 일기장을 폈고, 글을 써내려갈수록 그 어떤 사람도 해주지 못하는 위로를 받았다. 만약 무인도에 떨어져서 평생을 살아야 한다면 휴대폰과 일기장 둘 중 일기장을 선택하겠다. 그 정도로 특별하고 없으면 애틋하고 일상에서 아주 많이 필요한 존재였다.

누군가는 친구에게, 애인에게, 부모님에게 속마음을 털어놓겠지만, 나는 오랫동안 그러지 못했다. 20살에 MBTI 검사를 했다면 무조건 I였을 정도로 누군가에게 먼저 말 거는 일이 거의 없었다. 연기를 하겠다며 대학을 중퇴하고 부모님과의 연락도 잠시 끊겼다. 1개월 동안 단 한마디도 하지 않은 적도 있다. 대신에 생각과 마음을 아주 구체적이고 또 상세하게, 마치 친한 친구에게 마음을 털어놓듯 일기장에 글과 그림으로 풀어냈다. 오직 일기장만이 홀로 서울에 올라와 지내던 나를 위로해준다고, 가족, 친구, 연기 선생님, 감독님, 회사 매니저, 대표님보다도 나를 제일 잘 알고 이해해준다고 생각했다.

연기를 본격적으로 시작하고 나선 온통 연기 관련 내용들로 채웠다. 수업 시간 때 뭘 배웠는지, 어떻게 하면 더 잘할 수 있을지, 감독님 표정과 코멘트, 오디션 분위기는 어땠는지, 그날 연기를 잘 못했으면 '나는 연기를 포기해야만 하는지'에 대해 주절거리는 등 연기와 마치 연애라도 하듯 다양한 감정들을 엮어 썼다. 첫 단편 촬영, 회사 평가들, 출연했던 작품들까지 하나도 빠뜨리지 않고 최대한 기록하려고 했다.

다시 돌아가서, 술이라는 친구는 일기장에 마음을 더 과감히 드러내게 했고, 차분히 감정을 정리하려는 나를 재촉했다. 예를 들어, 호감 가는 상대와 데이트 후에 일기장을 펼쳐 들면, 이전엔 그 사람이 좋은 이유와 함께 그날 있었던 일을 위주로 상세히 쓰고자 했다. 또 만나고 싶은 바람도 적고, 거기에 내 마음과 그날의 감성도 한 스푼 넣었을 것이다. 그러나 술은 상대가 누구든 빨리 고백하라고 재촉했고, 감성보단 언제, 어디서, 어떻게 다음에 만날 것인지 다그쳤다. 그림에게도 예외가 아니었다. 색연필로 정교하게 색 표현하는 것을 좋아했는데, 빨리 칠하고 빨리 마르고 빨리 수정이 가능한 아크릴 물감으로 갈아타게 됐다. 그림들에 인물도 표정도 많았었는데, 술은 구체적인 대상보단 그날의 추상적인 감정을 표현하는 것을 더 좋아했다.

혼술 하는 날이 잦아질수록 형태를 알아볼 수 없는 글씨의 일기들이 쌓였고, 이럴 거면 왜 일기를 쓰는지 모를 지경까지 갔다. 문체는 더욱 과감해졌고 평상시엔 잘 하지도 않는 욕들도 가감 없이 썼다. 그림 또한 평소엔 차분한 색감들로 정밀하게 대상을 묘사하려고 한다면, 술이 들어간 후엔 형태도 모양도 다양하고 세밀한 묘사보단 도전적인 추상에 가까워졌다. 물감의 범위도 종이에서 자연스럽게 책상으로 옮겨지더니 점차 온 집안의 가구, 물건들로 확장됐다. 의자, 필통, 휴대폰, 노트북, 공책, 일기장, 지갑, 가방, 책장. 아직도 물감 흔적이 남아 있는 옷과 액세서리들이 한가득이다. 물감을 묻혀선 절대로 안 되는 물건(예를 들면, 엄마가 선물로 준 명품 가방이나 월세방의 벽지 같은 것)은 최선을 다해 본능을 억눌렀다. 만나는 사람마다 머리나 팔에 묻은 물감을 보고, 연기자보단 그림 그리는 친구냐며 물어봤다.

매일 그렇게 술을 마시고 글을 쓰고 그림을 그리는 일을 반복했다. 놀랍게도 이 과정을 통해 내재된 다른 자아와 친해지는 경험을 했다. 억누르고 있던 생각과 감정들을 종이에 표현하며 내 안의 단단한 벽들을 하나하나 깨갔다. 그다음 날 보면 당황스러운 적이 한둘이 아니었지만, 새로운 자아를 탐험하는 것을 멈추진 않았다. 유익하다면 유익하고, 해롭다면 해로운 이 친구와의 놀이는 내게 1가지 결론을 내리게 도왔다. 나는 나답게 사는 방법을 몰랐다. 술을 마시는 밤 시간대는 타인의 간섭을 받지 않고 온전히 '나'라는 사람으로 있을 수 있는 유일한 시간이었다. 내가 마음 가는 대로 토해내듯 글을 쓰고, 그 어떤 규범과 제약 없이 그림을 그릴 수 있었으니까. 하지만 조심스럽게 돌이켜보면, 사람들 사이에서 억눌려 있고 자신감이 없다는 사실만 제대로 알았더라면 술에 덜 의존하지 않았을까? 먼저 진실되지 않은 모습들을 없애려고 노력하고 내 생각과 마음을 꾸밈없이 털어놓는 연습을 더 하지 않았을까? 그 누구도 보지 않는 일기장에 몇 시간동안 끼적이거나, 비싸게 주고 산 지갑에 물감을 묻히는 대신에 말이다.

요즘도 가끔 술을 찾긴 하지만 그 친구의 도움 없이도 충분히 과감하고 직설적이고 유쾌해질 수 있다. 마찬가지로 일기와 그림에도 집착하지 않는다. 예전처럼 일기장을 끼고 살지 않고 그림을 그린 지도 2년 정도 됐다. 행위가 주는 안정감을 억지로 쫓지 않는다. 사람들 눈을 보고 이야기하는 방법을 터득한 후이 술버릇은 완전히 사라졌다.

외로워서
당신에게 걸었던 전화들

"여보세요?"

혼자 술 마시는 것이 편해서 혼술을 시작한 것은 맞지만, 상당히 긴 시간 반복적으로 혼자서 마시다 보니 극심한 외로움에 시달릴 때가 많았다. 그래서 취하면 무작정 누군가에게 전화를 걸었다. 동료 배우, 연기 선생님, 연락 끊긴 친구, 멀리 사는 지인, 가족, 그리고 예상했겠지만, 지금도 부끄러움에 글 속도가 느려지지만. 그래, 그래요. 전 남자 친구들까지. 특별히 하고 싶은 이야기가 있어선 절대 아니었고, 단지 그 순간 통화 대상으로 떠올랐을 뿐이었다. 그렇기에 정말이지 별 이야기를 하진 않았다. (그렇게 믿고 싶은 것일 수도 있다.) 간단한 안부를 주고받고 바로 끊거나, 1시간이 넘는 수다로 이어지면 또 다른 이에게 전화를 걸지 않아도 된다는 생각에 속으로 안도감을 느끼고 통화를 하다 지쳐 잠에 들곤 했다.

보통 소주 2병을 마셨는데, 간혹 가다 그 주량을 넘기면 그때부터 불쑥 휴대폰을 꺼내 연락처를 뒤지는 술버릇이 튀어나왔다. 그렇게 전화를 걸면 친한 친구들은 백이면 백 내가 취했다는 것을 단번에 눈치챘다. 그 시간에 당연히 받지 않는 친구들도 있었고, 받더라도 "그만 마시고 자"가 통화의 전부였다. 그래서 나중엔 친한 친구에겐 전화를 하지 않았다. 한번은 엄마에게 전화를 건 적이 있는데, 엄마는 친구들보다 더했다. 여기서 말하긴 어렵지만 새벽에 엄마를 그렇게 깨웠던 날 술이 다 깨는 경험을 했고, 그 경험으로 인해 다신 술 먹고 엄마에게 전화하지 말아야지라는 다짐을 했다. 술에 취해 엄마가 보고 싶어져도 꾹 참았다.

　　J는 술에 있어서만큼은 내 영혼의 반쪽이었다. 그녀와의 술 인연은 2015년 어느 작품 회식을 마친 날로 거슬러 올라간다. 함께 퇴근하는 길에 너무나 자연스럽게 편의점으로 들어가 각자 소주 1병씩 집었다. 그 역사적인 순간 우리는 서로 테스트니임을 확인하고 급속도로 친해졌다. 종종 혼술을 하다 누군가 먼저 연락하면 영상 통화를 틀어놓고 화면에다 잔을 부딪치곤 했다. 실제로 만나는 횟수보다 화면 너머로 보는 날이 더 많았다. 다만 그녀도 그녀의 삶이 있는 만큼, 연락이 되지 않는 날도 있었다. 그럴 때면 나는 혼자 마시다가 결국 과음을 했고, 외로움이라는 감정이 나

를 집어 삼키도록 가만 내버려뒀다.

24살의 나는 공허함과 외로움, 불안정한 감정들을 제대로 인지하지 못했다. 그렇기 때문에 건강하지 못한 방식으로 감정들을 풀어내려고 했다. 무엇인지조차 모르는 감정들을 감당하지 못해 술을 마시고 타인에게 기댔다. 그럼에도 누가 봐도 술 마시고 전화했다는 것을 가까운 사람들에게만큼은 들키고 싶지 않았다. 나도 나 스스로 매우 불안정적인 상태에서 연락을 하고 있다는 것을 알고 있었고, 그 사실을 굳이 주위에 알려 걱정을 끼치게 하고 싶지 않았다. 그런 이유로 점차 잘 모르는 사람들을 위주로 전화를 걸게 됐다. 돌이켜보면 위로를 받고 싶었던 것 같다. 누군가와 통화를 주고받으면 상대방이 나를 생각해주는 마음이 느껴졌고 거기에서 위안과 힘을 얻었으니까.

'도대체 왜 술만 마시면 잘 알지도 못하는 사람한테 전화를 거는 거야?'

통화하는 날이 늘어나면 늘어날수록 자책하는 날도 늘어났다. 이 술버릇은 기필코 고치고 말겠다는 강한 다짐을 한 후 정말 다행스럽게도 짧은 기간 안에

고칠 수 있었다. 순간순간 그 다짐을 꺾어버릴 만큼 전화하고 싶은 욕망이 솟구칠 때도 있었지만 온 힘을 다해 참았다. 나중에서야 그 무렵에 가장 전화를 많이 했던 오빠에게 내가 걱정됐었다는 말을 들었다. 그래서 새벽이든 자고 있든 일하는 중이든 전화를 꼭 받았다고 한다.

오빠를 포함해 시간이 흐르고 보니 전화를 걸었던 모두에게 고마운 마음이 크다. 취한 제자에게 본인을 잊지 않고 전화해줘서 오히려 고맙다고 하는 선생님, 늦은 시각임에도 불구하고 세상 반갑다며 그동안 어떻게 지냈는지 궁금해하던 중학교 친구, 편안하게 나를 달래주고 응원의 말도 아끼지 않았던 함께 연기한 언니 오빠들. 내가 생각했던 것보다 훨씬 더 많은 사람들이 나를 위해 애써준다는 것과, 새벽에 자주 취한 상태로 그들을 찾으면 그들도 언젠간 떠날지도 모른다는 것도 알게 됐다. 늦었지만 내 뜬금없는 전화로 피해를 본 분들에게 사과하고 싶다.

"죄송합니다."

✳

정말로 죽고 싶었던 것은
아니었는데

술 자체가 일상이자, 하루 일과이자, 습관이자, 즐거운 취미였던 내게 이 끈끈한 관계에 거리 두기가 절실해진 순간이 찾아왔다.

드라마 〈내 아이디는 강남미인〉 촬영 전에 미용실에서 머리 테스트 일정이 있던 바로 전날이었다. 여느 때처럼 대사를 읽으며 소주를 마시고 있었다. 첫 드라마라 부담감은 있긴 했었어도, 리딩 때 "연기 준비 다 시해왔으면 좋겠다"는 감독님의 말에 멘탈이 많이 흔들리긴 했어도, 그다음에 공개적으로 칭찬해준 덕분에 자존감은 다시 회복됐었는데. 외로움과는 이별한 지 오래, 심지어 좋아하는 남자와도 이제 막 풋풋한 연애를 시작했는데. 분명 다 좋았는데, 손목에 칼을 댔다.

당시 상황은 정확하게 기억나지 않는다. 영화로 치면 상당히 긴 장편에, 떠오르는 장면마저 강렬했던 몇 장면뿐이다. 평상시와 비슷하게 오후 8시쯤 술을 먹기 시작했다. 촬영을 코앞에 두고 있었기에 몇 줄 안 되는 대사지만 이렇게도 해보고 저렇게도 해보면서 그렇게 몇 시간을 보냈다.

'영화 촬영과는 다르게 스태프가 더 많겠지? 아무래도 촬영이 더 빠른 템포로 진행되겠지? 만약 거기서 나 때문에 지체되면 어떡하지? 대사가 아예 생각이 안 나면 어떡하지? 틀리면 어떡하지?'

머릿속으로 시뮬레이션들을 돌리고 연습하다가 불안감이 스멀스멀 올라왔다. 새벽 2시쯤이었을까. 2병 이상을 마신 것은 확실하다. 불안한 상태에서 계속 대사 연습을 하다가 스트레스가 극에 달해 감정이 폭발해버렸다. '내가 지금까지 한 모든 것이 헛수고야. 난 아무것도 못해'라고 반복적으로 되뇌었다.

이어지는 장면은 오열하고 있는 나, 노란색 메모장에 쓴 3줄 정도의 유서였다. 사랑하는 사람들을 떠올리며 벅차오르는 감정을 추스르지 못하고 그저 울기만 했다. 책상 위에 있는 커터 칼을 왼쪽 손목에 댔다. 커터 칼을 손목에 댔는데 제대로 긋지도 못하는 자신이 밉고 한심하게 느껴졌다.

1시간 정도 그렇게 있었을까. 지쳐서 쓰러져 잠들었고 다음 날 겨우 일어났다. 촬영은 해야 하니 우선 급하게 찾은 반창고로 손목에 나 있는 상처를 가렸고,

한여름이지만 긴팔을 입고 집을 나섰다. 다행히 내 몸
골에 대해 물어보는 사람은 아무도 없었다. 샴푸대에
누워 샴푸를 받으면서 '아, 안 죽길 잘했다. 너무 시원
해'라는 생각이 무의식적으로 들었다. 그 순간 스스로
바보 같이 느껴졌다. 불과 몇 시간 전에 한 행동은 무
엇이었을까 싶었다. 그렇지만 굳이 깊이 파헤치고 싶
지 않았고, 그보단 앞으로 술과 멀어져야겠다고 결심
했다.

　매일 마시는 술이 인생에 도움이 되지 못한다는
사실을 인지하고, 술에 대한 생각과 감정이 완전히 바
뀌었다. 끊고 싶어졌다. 득과 실이 분명 존재했을 텐
데 나는 실을 애써 외면해왔다. 어쩌면 무시하고 싶었
던 모든 것들로부터 도피하기 위함으로 술을 이용하
고 있었는지도 모른다.

　술을 끊어야 할 만한 이유가 그전까진 전혀 없었
다. 그저 즐겁기만 했으니까. 다음 날 중요한 스케줄
이 있더라도 조금 더 일찍 일어나서 해장하고 운동 한
번 하면 괜찮았으니까. 술을 마시지 않으려는 시도는
몇 번 있었으나 침대에서 몇 시간 뒤척이다가 결국 새

벽에 편의점으로 향했다. 잠을 못 잘 바엔 잘 조절하면서 마시는 편이 더 현명한 판단이라고 생각했다. 몇 년 동안 내 안의 우울한 감정이 커지고 있다는 사실을 인지하지 못한 채로 말이다. 그날, 온 우주가 그만 마시라고 이야기한 것이 아닐까. 그만하라고, 그동안 너 많이 마셨으니 이제 됐다고.

실패를 거듭하면서 끊으려고 부단히 노력했다. 그리고 스스로 나를 갉아먹는 그 어떤 것도 하지 않겠다고 다짐했다.

대단한 결심이
필요하지 않는 순간이 왔다

그동안 필요하지도 않는 술을 찾았던 순간들이 얼마나 많았는지 절실히 느꼈다. 정말로 술이 필요한 날은 내가 합리화해서 술을 마시는 날에 비하면 현저히 적었다. 수많은 핑계 중에서도 가장 어이없는 핑계는 대사 연습도, 잠들기 위해서도, 붓기를 빼기 위해서도, 심지어 술을 깨기 위해서도 아니다. '이미 알코올 중독자지만 끊고 싶으니까, 얼마나 더 마실 수 있는지까지만 확인하고 끊자. 내 몸이 어디까지 버틸 수 있는지 보자'였다.

사실 이미 매일매일 한계를 느끼고 있던 중이었고, 어느새 '금주'라는 대단한 결심이 필요하지 않은 순간이 왔다. 딱 하루만 마시지 않았을 뿐인데 알코올 향이 다르게 느껴졌다. 쉼 없이 마셨을 땐 향이 달콤하게 느껴졌는데, 며칠 정도 쉬면 금세 역하게 느껴졌다. 못 마시겠더라. 거부감을 느끼고 멀리하려는 나를 발견했다.

금주는 딱 1개월 성공했고, 지금은 절주 중이다. 크게 대단한 성과는 아니지만 1개월도 힘들 것이라 생각했기 때문에 나름 뿌듯하다. 딱히 기간을 정해둔 것은 아니었다. 소속사를 나오고 이전 출간작인 《신인일기》를 작업할 때 할 수 있는 한 온 힘을 다해 책을 완성해보고 싶었다. 그래서 술을 포기할 수가 없었다. 새벽 4시에 하루를 시작해 어마어마한 작업량을 처리했고, 덕분에 작업 기간을 3배 정도 줄일 수 있었다.

금단 현상이라고 할 수 있는 것은 밤에 심심하다는 것 외엔 그다지 없었다. 심심할 정도로 시간이 많이 생겼다. 조금 과장해서 체감상 하루가 2배 정도 길어졌다. 다행히 그 시간을 채울 수 있을 만한 일이 있어서 그나마 덜 심심하게 보냈다. 또한 잠을 못 자면 어떡하지 걱정했는데, 그 어느 때보다 숙면을 취했다. 1개월 금주를 하고 무엇보다도 가장 좋았던 점은 자신감이 생겼다는 것이다. 2년 전부터 끊고 싶어서 노력하고 실패했던 날들이 전혀 헛되지 않았음을 느끼고 위안을 받았다.

위기가 없었다면 거짓말이다. 어느 정신과 의사의 말을 빌리면, "알코올 중독자들은 술을 마셨을 때와 안 마셨을 때 인생이 컬러와 흑백으로 나뉜다"고 했다. 이 말을 처음 들었을 때 상당히 공감됐었다. 그래서 술을 마시지 못하는 밤들이 힘들었던 것도 맞다. 다만 이번 기회로 흑백인 그림에 술 말고 다른 물감을 찾아 색칠해볼 수 있었다. 사랑하는 사람과의 대화, 좋아하는 작가의 글, 따뜻한 영화 1편, 내가 열정을 갖고 하는 일 등 찾는 데 시간이 오래 걸려도 찾으면 그 전보다 훨씬 더 다채로운 시간이 찾아왔다.

여전히 금요일이 다가오면 술이 주는 즐거움을 포기하지 못하고 찾는다. 친구들과의 만남도 커피숍보단 술자리가 좋다. 일하고 밤늦게 들어오거나 피곤하면 일단 많이 마시고 싶어진다. 사람을 알아갈 때 와인만큼 좋은 마법은 없다고 믿는다. 술이 주제인 이 글을 쓰는 중간에도 머리를 쥐어뜯으며 슬리퍼를 신고 편의점으로 향할 때가 여럿 있었는데, 몇 년 동안 술을 마시며 느꼈던 죄책감, 후회, 무력감, 패배감, '또 마셔?' 같은 자기혐오감 같은 것은 느끼지 않았다. 대신에 병을 따르는 손목은 더 주체적이고 유연해졌고, 목 넘김은 더 가벼워졌다. 큰일이다.

끊기 위해 이것저것 해본 결과, 개인적으로 가장 도움됐던 것은 '기록'이었다. 1개월 단위로 술 마신 날들을 캘린더에 표시했다. 매일매일 있던 '술' 표시가 점점 사라지는 것을 보면서 계속 도전하고 이어나갈 힘을 얻었다. '1개월을 성공했으니 그다음엔 3개월, 그다음엔 1년까지도 할 수 있겠다'라는 용기가 생겼다. 앞으로도 반복해서 도전할 예정이고, 한 번에 성공하지 못하더라도 절망할 필요가 없다는 것을 이젠 안다.

part 2

담배

들숨과 날숨,
그리고 한숨

오롯이 호흡에만
집중할 수 있는 시간

애연가. 꼴초. Heavy Smoker. 뭐가 됐든, 모두 내 수식어에 해당됐다. 앞 문장이 과거형인 이유는 현재는 담배를 피우지 않기 때문이다. 이 글을 쓰고 있는 지금, 금연한 지 11개월이 지났다. 그러니까 지금부터 하는 이야기는 정확히 11개월 전의 이야기다.

담배는 술보다 더 집착하는 대상이었다. 술은 안마시면 몸이 허전하고 힘들 뿐이었지만, 담배는 제때 피우지 못하면 뇌에서부터 반응이 왔다. 상당히 예민해졌고 그에 따라 신체에도 변화가 생겼다. 미세하게 동공이 흔들리거나 식은땀이 나는 등 증상은 그때마다 달랐다. 또 술은 밤에만 옆에 있으면 됐지만, 담배는 눈 뜨는 순간부터 잠을 청하는 순간까지 하루 종일 함께해야만 했다. 눈앞에 없으면 불안했다. 어떻게 해서든지 찾든, 새로 사든, 둘 다 실패하면 최종적으로 빌려서라도 피워야만 했다. 나는 니코틴에 제대로 지배당한 흡연자였다.

혹시라도 담배 피우는 내 모습을 봤다면 상당히 오랜 세월 피웠다고 생각할 수도 있다. 실제로 많은 사람들로부터 그런 오해를 받아왔다. 하지만 첫 경험은 20살에 친구 담배를 빼앗아 몇 모금 피워본 것이다고, 그땐 호기심으로 허무하게 끝이 났었다. 내 돈으로 직접 산 담배는 22살 여름 때다. 그리고 29살 5월에 금연했으니 정확히 7년 동안 매일 담배를 샀다. 주변에 다른 흡연자들의 이야기를 들으면 비교적 늦게 담배를 시작하고 기간도 짧은 편이라고 한다. (그래서 이 사실을 알고 조금이라도 쉬울 때 서둘러 금연에 도전한 것이기도 하다.)

기간과 상관없이 담배는 20대의 내게 일기장만큼이나 중요한 존재였다. 인생에서 기쁘거나 슬프거나 언제나 진한 연기와 함께해왔다. 심리적으로 불안정하고 긴장의 연속인 날들 속에 담배는 숨 같았다. 들숨과 날숨. 다른 사람들이 근심 걱정이 있어 깊은 한숨을 쉴 때 나는 담배를 피웠다. 긴 호흡의 개념을 담배를 통해 처음 배웠다. 담배를 피울 때만큼은 외부에서 무슨 일이 있든, 온전히 내 호흡에만 집중할 수 있었다.

22살, 서울에 올라오고 유난히 모든 것이 버거웠던 시기였다. 학창 시절에 없던 사춘기가 뒤늦게 찾아온 걸까? 사춘기라는 말이 싫지만, 전형적인 사춘기 시기의 아이처럼 모든 것이 힘들고 싫었다. 아니면 단순히 연기를 반대하는 부모님을 향한 반항이었을까? 열심히 공부하라고 해서 지금까지 했는데, 막상 성인이 되고 나니 그 어떤 것에도 주도권이 없다고 느껴졌기 때문일까?

학교, 연기, 친구, 가족, 그 누구도 내 마음을 몰라줬고, 모를 수도 있다는 것도 알았다. 다만 스스로 이 벅찬 감정들을 어떻게 해소시켜야 할지 몰라서 난감했다. 시끄러운 클럽에도 가보고, 일기도 써보고, 남자 친구도 사귀어봤다. 본질적으로 도움이 될 수 없는 것들은 다 해봤던 것 같다. 그중에서 호기심에 담배를 찾은 것도 포함이다.

첫 모금은 아직도 잊히지 않는다. 호기심에 피워봤는데, 좋았다. 어떤 사람들은 바로 기침을 하거나, 뜨거운 연기와 냄새가 불쾌하게 느껴진다던데 나는 그러지 않았다. 오히려 막혀 있던 호흡이 그제야 제대로 순환되는 듯 개운한 기분이 들었다. 처음엔 안 좋은 일이 있을 때만 아주 가끔가다 하나씩, 그러다 매일 산책을 다녀오고 집에 들어가기 전에 하나씩, 그러다 보니 어느새 금방 하루에 한 갑이 됐다. 담배를 이용한 이 호흡법은 분명 숨통을 틔우는 짧은 의식 같은 것이었지만, 역시나 이 또한 아주 잠시였다.

담배는 내 숨통을 점점 조여 거친 기침을 하게 했고, 길었던 호흡을 짧게 만들어서 등산이 힘들어질 정도가 됐다. 담배를 피우고 1년 정도가 지났을 때 비로소 중독됐다는 사실을 알았다. 내가 생각하는 중독의 기준은, 피우고 싶어서 피우는 것이 아닌 '몸이 니코틴을 원해서 담배를 찾는 것'이다. 배가 고플 때 음식이 저절로 생각나는 것처럼, 적정 시간이 지나면 담배가 떠올랐다. 대부분 1시간 단위였고, 여간 불편한 것이 아니었다.

흔한 예시다. 주말에 친구들과 북적거리는 서울 핫플레이스 카페에서 만났다. 모처럼 만난 만큼 이야기를 쭉 오래 이어나가고 싶은데, 하필이면 담배가 심하게 당겼다. 그때부터 대화의 흐름을 잠시 끊을 수 있는 타이밍을 살피고, 적당하다 싶을 때 심심한 사과의 말과 함께 양해를 구했다. 자리를 최대한 비집고 나와, 밖으로 나가서, 골목을 찾아, 담배를 피웠다. 담배를 피우면 또 그것으로 끝이 아니다. 상대방에게 불쾌감을 줄 수 있으니 화장실로 얼른 가서 손을 씻고, 핸드크림을 바르고, 부담스럽지 않은 향수까지 뿌렸다. 다시 자리를 비집고 들어가 겨우 앉아 나간 동안 놓친 대화를 따라잡으려는 노력을 해야 했다. 단 담배 1개비를 피우기 위해 말이다. 이 과정을 1시간 뒤에 또 반복해야 한다.

이런 수고를 별로 겪고 싶지 않은데 니코틴에 중독돼 기꺼이 수년 동안 해왔다. 사람들과의 자리 외에도 수없이 많은 이유로 담배를 찾았다. 일어나자마자 뇌를 깨우기 위해, 밥 먹고 난 다음에 후식으로, 운동해서 땀을 흘렸으니, 샤워했으면 당연히 또, 흡연자 친구를 만나면 반가워서 그리고 여러 번, 스트레스를 받으면 스트레스 푼다고, 기분 좋으면 흥분을 가라앉힌다고, 다운되면 기분 내기 위해 등 정말 여러 가지 창의적이고 다양한 이유로 아침에 눈 뜨고 밤에 잠들 때까지 담배를 찾았다.

중독임을 알지만 금연을 고려하지 않았던 이유는

싫은 이유보다 감정들을 해소시킬 수 있다는 장점이 더 컸기 때문이다. 담배가 인생의 여러 숙제들을 해결해줄 것이라 믿었다. 위안을 받고, 사람들과 어울리고, 무엇보다 불안감을 떨쳐내고 싶었다.

스스로를
잠깐이나마 위로했다

"말보로 미디움이요."

이 말이 입에 붙기까지 몇 달은 걸렸다. 담배를 처음 샀을 때의 기억이 아직도 생생하다. 서울 서대문구 대현동의 어느 한 편의점이었다. 잔뜩 겁먹고 긴장한 채로 유일하게 아는 담배 이름인 '말보로 미디움'을 조용히 댔다. 앳되고 노련하지 못한 나를 보고 편의점 직원은 신분증을 보여달라고 했다. 나는 마치 경찰에 붙잡기라도 한 것처럼 후다닥 지갑을 꺼내 결백을 증명하듯 신분증을 보여줬다.

그렇게 합법적으로 내 첫 담배와 라이터를 건네받았다. 언제 터질지 모르는 폭탄이라도 든 것마냥 작고 하얀 담뱃갑을 조심스럽게 들고 마땅한 장소를 찾아 나섰다. 한참을 돌고 돌아, 이화여자대학교의 어느 건물 앞 벤치에 자리를 잡았다. (지금은 밤에 외부인 출입이 제한돼 있는 것으로 알고 있지만 당시엔 가능했다.) 10시가 넘은 늦은 밤이었다. 사람이 없는 것을 확인하고, 나는 담배에 불을 붙였다. 연기를 내뿜으며 생각했다.

'우리 아빠는 눈앞에 있는 연기를 보며 어떤 생각

을 할까? 나는 지금 아빠 생각 중인데, 그동안 아빠도 나랑 동생 생각을 했을까? 아빠도 담배를 피우면서 마음을 달랬을까?'

말보로 미디움을 유일하게 알았던 이유는 어릴 때부터 집안에서 봐온 담배였기 때문이다. 우리 아빠는 애연가에, 말보로 미디움만 피웠다. 담배를 피우고 들어온 아빠 냄새가 너무 싫어서 '나는 커서 담배는 절대 안 피워야지' 하고 생각했었는데, 그날 밤 이후로 상당히 오래, 많이 피우게 될 줄은 꿈에도 몰랐다.

사실 담배를 피운 그날 낮에 전화로 아빠와 크게 싸웠었다. 이화여자대학교 앞을 지나면서 큰 마음먹고 아빠에게 전화를 걸었다. 통화 내용은 이랬다.

"지금 다니고 있는 대학을 그만두고, 대신에 남은 학비로 연기할 수 있게 지원해줬으면 좋겠다."

이 말을 밑도 끝도 없이 불쑥 내뱉었다. 괜히 조심스럽게 말하면 내 강한 의지가 왜곡될 것 같았다. 그래서 당당함을 가장한, 참으로 무례한 투로 말했다. 참고로 연기자가 되고 싶다고 이미 아빠에게 말했었고, 아빠 또한 강력하게 반대 의사를 밝힌 상태였다.

대화로도, 이메일로도 설득이 안 되니 아빠가 가장 중요하게 생각하는 가치인 '교육'을 그만두겠다고 협박 아닌 협박을 했다. 충분히 위태로운 관계에서 나는 선을 넘어버린 것이다. 당연히 아빠는 내 말에 화를 냈다. 지금 같으면 애초에 그런 제안을 무모하게 내지를 생각도 하지 않았겠지만 당시엔 마지막 희망이라고 생각했다. '저질렀다'는 표현이 가장 정확하다. 앞으로 걷게 될 새로운 모험에, 가족인 아빠만큼은 내 편이 돼줬으면 하는 지극히 개인적인 욕심이었다.

준비한 마지막 수를 뒀고 결과는 처참했다. 그리고 아무리 가족이라도 전부 내 편이 될 수 없다는 세상의 가르침을 뼈아프게 얻었다. 그렇게 싸우고 나니 하루 종일 어쩔 줄 몰라 했다. 내 어리석은 행동으로 벌어진 일을 그 누구에게도 알리고 싶지 않았다. 그렇지만 상처받은 마음은 계속해서 나를 힘들게 했다. 혼술을 접하기도 전이었고, 밤은 어둡고 끝나지 않을 것처럼 길기만 했다. 다시 집밖을 나와 한참을 정처 없이 떠돌아다니다 별 생각 없이 편의점에 가서 앞으로 수천 번 외칠 대사를 입밖으로 꺼냈다. 눈앞에서 풍성

하게 생겼다가 금세 사라지는 연기를 보며, 신기하게
도 위안을 받았다. 잔뜩 흥분되고 어찌할 줄 모르겠던
감정들이 한결 차분해졌다. 감정들이 조용해지니 복
잡한 머릿속도 차근차근 정리가 됐다.

'내가 무엇을 실수했고, 왜 이런 감정들을 느꼈으
며, 앞으로 이렇게 하면 되겠구나.'

생각들이 정리되면서 꽉 막혀서 보이지 않았던 앞
날도 얼핏 보이고, 다시 희망을 가져볼 수 있었다.

시원했던 어느 여름날, 잊을 수 없는 그 밤, 혼자
위로하는 방법을 드디어 찾았다. 벤치에서 피운 1개
비를 시작으로 담배를 입에 물 때마다 생각을 정리했
고, 막혀 있던 감정을 연기와 함께 날려버렸다. 연기
혹평을 받을 때, 가족과 친구들에게도 털어놓지 못하
는 속마음 때문에 머릿속이 복잡할 때, 연기 고민이
풀리지 않을 때, 누군가와 싸웠을 때, 인생에 여러 가
지 문제들과 부딪혔을 때 등 걱정과 고민이 들 때마다
은은한 담배 연기가 묻어났다.

그런데 어느 순간부터 그 연기가 시야를 가리기
시작했다. 더 느리게, 더 희미하게 문제를 해결했다.

'정화'의 의미로서의 담배는 사라진 지 오래였고, 오히려 몸을 무겁고 피곤하게 만들었다. 언제부터인가 불을 붙일 때 드는 생각들을 멈추고 싶다고 느낄 때가 잦아졌다. 담배가 인생에서 도움이 될 때보다 그렇지 않은 순간들이 더 많았기 때문이다.

공통분모가
사라지는 것은 아닐까

술을 좋아하고 담배를 자주 피우게 되면, 자연스레 술과 담배를 하는 사람들과 어울리게 된다. 20대 후반, 주변 사람들을 살펴보니 술과 담배를 동시에 즐기는 사람들이 그렇지 않은 사람들보다 훨씬 많았다. 20살 되기 전에 사귄 친구들을 제외하면 밤에 만나서 한잔하기를 전혀 망설이지 않는 친구들이 대부분이었고, 중간에 다 같이 나가서 담배 피우는 것이 의리라고 여겼다.

"혼자서 피우는 담배보다 같이 피우는 담배가 더 맛있다."

흔히들 하는 말인데, 상당히 공감한다. 아마 흡연하는 사람들이라면 모두 고개를 끄덕일 것이다. 누군가가 내게 "같이 피울래?"라고 물어봐주면 왜 그렇게 좋았는지 모른다. 반갑고, 정겹고, 가끔은 설레기까지 했다. 카페에 흡연실을 폐지하기 전, 좋아하는 누군가와 커피 1잔과 담배, 몇 시간이고 대화를 하고 돌아오는 날이면 영혼마저 살찌는 낭만적인 하루를 보낸 듯해 뜻깊었다. 담배와 얽힌 사람들과의 추억은 매우 매력적이고 중독적이었다.

솔직함은 그렇지 않은 것보다 언제나 매혹적이다.

이상하게 누군가와 같이 담배를 피우면 더욱 솔직해지는 기분이 들었다. 술 한잔해야 편안하게 할 수 있는 말들이 있는 것처럼, 담배를 필 때 용기 내어 속마음을 이야기하는 경우가 많았다. 주로 부탁, 의견, 고백 등의 긴 호흡이 필요한 말들이 상대와 나 사이에서 연기로 필터링이 돼 전달됐다.

나는 내가 멋지다고 생각하고 좋아하는 사람들과 잘 지내고 싶었다. 친구들을 사랑했고, 그들과 함께한 밤들이 너무 소중했다. 작품을 하면서 만나는 배우와 스태프와도 잘 어울리고 싶었다. 의도한 것은 아니었지만, 아무래도 그중에 흡연자들과 가장 빨리 친해졌다. 이 모든 관계의 끈을 놓고 싶지 않았고, 부끄럽지만 담배 피우는 행위가 이 관계를 단단히 이어주는 매듭이라고 생각했다. 그러니 담배를 끊으면 그들과 대화를 하고 관계를 이어나가기가 어려워질 것이라, 엄청난 공통분모가 사라질 것이라 생각했다.

예상한 바대로 금연과 절주를 하고 나서 자연스럽게 이와 연결됐던, 자주 봤던 친구들과 만나는 횟수가 확 줄었다. 몸은 멀어졌으나, 예전엔 술잔과 연기를 공유하며 서로의 존재를 아껴줬다면, 지금은 멀리서 연락을 주고받으며 안부를 챙긴다. 몸과 마음이 건강해진 덕에 그들을 아끼는 마음은 확실히 더 깊어졌다.

어쩌면 어울리고 싶다는 내 마음은 상대에 대한 마음에서 우러나온 것이 아닌, 그저 내 외로움과 욕심에 비롯된 것인지도 모르겠다. 이젠 사람들과 술과 담배로 돈독해지지 않고 낭만적으로 주고받을 수 있는 무언가를 찾았고, 어떤 것에 의지하지 않고도 솔직해지는 법을 서서히 배워나가고 있다. 예전만큼 술자리를 나가지 않고 담배도 멀리하지만, 고맙게도 항상 내 옆에서 있는 그대로의 나를 응원해주는 소중한 인연들이 있다.

여자 배우가
담배 피우는 것이 뭐 어때서

소속사에 들어가고, 처음으로 드라마에 출연하고, 꿈 꿔왔던 일들이 하나둘 펼쳐졌을 때다. 삶의 모든 영역들이 연기를 중심으로 돌아갔고, 내 20대의 에너지를 전부 바칠 정도로 연기를 잘하고 싶었다. 잘하고 싶은 만큼 하지 못했을 때 '어떡하지'에 대한 불안감과 두려움 또한 컸다. 그 감정들을 감당하기 힘들 때도 자주 있었다. 그때마다 담배를 피우면서 감정을 다스렸다. 불안감을 느끼는 날이 많아지면서 전보다 부쩍 담배도 늘었다.

작품에 출연하게 되면서 주변의 추천을 받아 연초를 끊고 전자 담배로 갈아탔다. 잔해도 없고 냄새도 훨씬 덜 났기에 여러모로 만족스러웠으나, 1가지 단점이 있었다. 바로 연초보다 니코틴이 훨씬 적다는 것이었다. 전자 담배 회사에선 같은 양을 피웠을 때 전자 담배가 몸에 훨씬 좋다고 마케팅을 하지만, 니코틴 중독자들에겐 그다지 메리트가 없는 말이다. 내 경우 연초를 피웠을 때보다 더 자주 전자 담배를 피웠기 때문이다.

미팅이나 오디션이 있는 날이면 횟수가 절정에 이

르렀다. 예를 들어, 오디션 장소가 서울 마포구 상암동이면, 매니저가 집에서 픽업하고 미용실로 들어가기 전에 하나, 헤어와 메이크업을 다 끝내고 차에 타자마자 하나, 성수대교를 들어서면 하나, 강변북로에서 용산구 한남동 오피스텔이 보일 때 하나, 마포구 합정동에 있는 레스토랑이 보일 때 하나, 상암동으로 들어가는 터널을 지나면 하나, 그리고 오디션 건물을 들어서기 직전에 하나. 이렇게 오디션 장에 들어가기도 전에 벌써 반 갑 정도를 피웠다.

이것은 오디션 전 상황일 뿐, 오디션 후엔 오디션을 어떻게 봤는지 여부에 따라 가볍게 1~2개비가 추가되기도, 남은 반 갑을 다 피우기도 했다. 오디션에 붙어서 촬영장에 가면 더하면 더했지 절대 덜하진 않았다. 만약 중요한 씬이 있으면 불안감이 폭발했고, 1갑 챙겼다가도 혹시 몰라 2갑을 꼭 챙겨갔다.

촬영 현장을 이야기해보자면, 내가 참여한 드라마 현장에선 밖에서 대놓고 흡연을 하는 여성 배우를 단 1명도 보지 못했다. 소문으로 누구는 자유롭게 피운다곤 들었지만, 실제로 내가 방송국과 스튜디오 등 현장을 수없이 다녀봤지만 단 1명도 본 적이 없다. 만약 내가 어느 스튜디오 앞에서 담배를 피우고 있다면 소문이 날지도 모르는 일이었다. 그 소문 속 '누군가'가 되지 않기 위해 촬영장에서도 차에 숨어 피울 수밖에 없었다.

드라마 〈경우의 수〉를 촬영할 때였다. 한여름이었고 야외 촬영도 많았다. 한 씬이 끝나면 다른 스태프들과 남성 배우들은 현장 바로 앞에서 삼삼오오 모여 담배를 피우며 휴식을 취했다. 반면 나는 매니저와 함께 저 멀리 주차된 카니발로 걸어갔다. 혹시라도 시간을 맞추지 못할까 봐 빠른 걸음으로 차에 골인하듯 들어가 담배 1개비를 겨우 피우고 나왔다. 차 안은 숨 막힐 듯이 더웠다. 아무리 에어컨을 틀어도 바로 시원해지진 않았기에 문은 살짝 열어둬야 했다.

아마 모든 스태프들이 내가 흡연자임을 알았을 것이다. 그렇지만 다들 모르는 척해준 것 같다. "여배우는 이미지를 보호해야 한다"가 이곳만의 공공연한 상식이기 때문이다. 몇몇 유명 여자 배우들은 흡연자임을 모두가 알아도 차에 숨어 피웠다고 한다. 대부분

'이미지 보호 차원'에서 그리하는 것이라 했다.

사실 나는 이 상식이 도저히 이해가 되지 않았다. 담배가 기호 식품이라며 그토록 시선 개선을 위해 힘쓰면서, 왜 숨어 피우는 노고를 해야 할까? 누구의 시선으로부터 '보호'하는 것일까? 단지 기호 식품일 뿐인데 이미지에 영향을 끼치는 것이 이상했다. 21세기에 아직도 이렇다는 것이 정말이지 불공평하다며 목소리를 높여 불평했지만, 차에서 함께 담배를 피우던 매니저 언니의 답은 한결같았다.

"아직은 어쩔 수 없어."

드라마 〈내 아이디는 강남미인〉을 촬영할 때도 이와 비슷한 생각을 했지만 촬영 기간이 4개월 남짓에 불과해 생각이 행동으로 발현되기까지 조금 부족했다. 반면 〈경우의 수〉의 촬영 기간은 8개월이었다. 8개월 동안 나는 좀처럼 이해하기 어려운 현실과 맞서며 분노를 쌓아갔다. 힘들게 카니발에서 숨어 담배를 피워야 한다면 이젠 그러고 싶지 않았다. '아직은 어쩔 수 없다'는 현실을 내가 바꿀 수 없고 또 나설 용기도 없다면 담배를 끊으면 되는 간단한 문제였다.

발목을 붙잡던
담배에서 벗어나다

"다신 담배에 기대어 위로받지 말자."

위로가 필요한 감정들과 정리가 필요한 생각들을 담배 말고 스스로 잘 다독이고 해결하는 방법을 터득했다. 담배를 피우고 싶어지면 좋아하는 초콜릿칩 쿠키를 먹었다.

금연은 내 인생에서 가장 자랑스러운 일이다. 금주처럼 바로 성공하진 못했고, 1년 정도 도전과 실패를 반복했다. 혼자 여러 차례 끊으려고 하니 잘 되지 않아서 금연 클리닉의 힘을 빌렸다. 집에서 걸어서 갈 수 있는 클리닉을 찾아갔다. 서류 작성을 마치면 의사와 면담을 진행한다. 그곳에서 처방해준 '챔픽스'라는 약을 1개월 정도 먹었고, 다행히 한 번에 금연에 성공했다. (모든 진료비와 약값은 나라에서 지원해줬다.)

내 지난 세월의 노력들이 허탈하게 느껴질 정도로 금연 과정이 너무나 간단했다. 두 번 다신 피우지 않겠다며 전자 담배를 아스팔트 바닥에 던져 고장내놓고 그다음 날 아침에 바로 새 기계를 사러간 적도 있다. 또 한번은 전자 담배를 친구한테 맡기고 절대 돌려주지 말라는 엄포를 해놓곤 몇 시간 뒤에 다시 돌려

달라며 무릎을 꿇기도 했다. 떡볶이와 아이스크림으로 금단 현상을 달래는 나름의 노력도 있었다.

챔픽스를 먹으면 이상하게 졸렸다. 병원에 물어보니 이 약은 반대로 잠이 안 오는 약이라고 설명했다. 그 말을 듣고 나니 신기하게 졸린 증상이 사라졌다. 입이 심심할 수 있으니 과자 대신 씹는 비타민을 먹으라고 의사가 추천해줬는데, 다행히 식욕은 터지지 않았다. 그런데도 7년간 몸에 주기적으로 뜨거운 열을 주다가 주지 않아서 그런 것인지 이유는 모르겠지만 5킬로그램이 쪘다. 식단과 운동을 전과 똑같이 하는데도 매일같이 몸무게가 조금씩 올랐다. 찌는 것은 불과 1개월 사이에 벌어졌지만 원래 몸무게로 돌아오는데는 1년이나 걸렸다. 체중 감량의 고통보다 금연이 주는 행복이 훨씬 컸기에 헬스장에 가는 발걸음은 늘 즐거웠다.

담배를 피우는 동안엔 온전히 숨을 내쉬는 것 같아 좋았지만 내 발목을 붙잡을 때가 훨씬 많았다. 어딜 가나 흡연 구역부터 찾았고, 피울 타이밍을 살폈고, 담배가 없으면 불안했다. 무엇보다 그러고 있는 내 모습이 싫었다. 지금은 당연히 흡연실도 필요 없고, 사람들과 대화도 몇 시간은 거뜬히 이어나갈 수 있으며, 담배 하나만 없어졌을 뿐인데 이렇게 편할 수 있나 싶다. 또한 고정 지출이 줄었다. 그 돈을 쓰는 대신 여행 적금을 만들어 매달 모으고 있다. 만기가 되면 어디로 여행갈지 설레는 고민을 하고 있다.

　단짝 친구인 J와 매니저 언니에게도 내가 다녔던 클리닉을 소개했다. J는 다녀야 하는 기간 동안 성실히 다녔고, 원할 때만 약을 먹는 선택적 금연을 했다. 다시 말해 피우고 싶을 땐 피우고, 원하지 않을 땐 챔픽스를 먹었다. 매니저 언니는 첫 1알을 먹고 어지러움을 강하게 느껴 바로 중단했다. 여전히 담배가 좋다며 지금까지 애연하고 있다. 내가 하고 싶은 말은, 사람마다 약의 반응이 다르게 올 수 있고 금연 의지가 다를 수 있다. 그러니 '다들 금연에 성공하는데 나만 금연에 실패한다'며 낙담하거나, '담배를 계속 피우고 싶은데 그러면 안 되는 걸까' 하는 죄책감을 느낄 필요가 없다. 그저 본인에게 맞는 방향으로 나아가면 된다고 말해주고 싶다.

part 3

음식

먹는 것의
즐거움을 깨닫다

허한 속을 채우려
먹고 또 먹었다

"땡을 받아보지 못하면 딩동댕의 정의를 모른다."

오랜 세월 국민들을 웃고 울게 한 고 송해 선생님이 마지막 방송 무대에서 남긴 말이다. 이 말처럼, 내가 행복을 느낄 수 있었던 것은 고통을 느껴봤기 때문일 것이다.

나는 2년 동안 폭식증을 앓았다. 내 몸과 삶을 아끼는 만큼 건강하고 맛있는 음식을 챙겨 먹는 일을 중요하게 생각하는 지금과는 달리, 예전엔 나 자신을 사랑하지 않았다. 그래서 해로운 음식들을 마구잡이로 들이부었었다. 21살 때 절정이었고, 22살 땐 치료를 하기 시작했다. 1개월에 1~2번씩 반복됐지만 조금씩 줄어들었다. 한동안은 그 굴레에 다시 빠질 수 있을 만한 그 어떤 것 근처에도 가지 않았다. 중독성이 강한 음식들, 빵, 떡, 면, 과자, 디저트 등은 일절 먹지 않았다.

폭식증은 사람에 따라 다르게 나타난다. 내 경우 폭식과 단식이 반복됐다. 폭식을 한 다음 날이면 아예 먹질 않았고, 그러면 배고파져서 허겁지겁 먹기 시작하고 그것이 또 폭식으로 이어졌다. 폭식증을 겪는 대부분의 사람들처럼 나는 음식이 맛있어서 끊임없이 먹는 것이 아니라 단지 멈추는 방법을 몰랐다. 그래서 괴로워하면서도, 속이 아파도, 멈추고 싶으면서도 계속 먹었다.

예를 들어, 돈가스를 먹었는데 옆집에 가서 라면을 또 먹었다. 그래도 부족하면 건너편 초밥집에 가서 초밥을 먹었다. 그러고 나서 쿠키로 마무리하려고 동네 카페로 갔다. 예정대로 쿠키를 먹으면 이때부터 이성의 끈이 끊겼다. 그 옆집에 가서 와플을 먹고, 다음 집에서 아이스크림을 먹고, 그다음 집에서 케이크를 먹었다. 한번은 그 거리에 있는 디저트 가게를 빠짐없이 다 들러서 케이크만 5개를 먹은 적도 있다.

폭식은 디저트에만 국한되지 않았다. 중식을 혼자 먹는데 자장면, 짬뽕, 군만두, 탕수육, 볶음밥까지 시켜서 먹은 적도 있다. 그렇다고 해서 유튜브에서 볼 수 있는 대식가는 절대 아니다. 단지 우울한 하루를 내 나름대로 해결하기 위함이었다. 먹는 동안만큼은 순간적으로 분비되는 도파민 덕분에 기분이 좋아지는 것 같은 착각이 들었기 때문이다. 허한 속을 자꾸만 음식으로 채우려고 했다. 목이 찰 때까지 먹고 또 먹었다. 당연히 토할 때도 있었고, 찰나의 도파민을 느끼려다 결국엔 더 우울하고 괴롭게 하루를 마감하기도 했다.

폭식을 한 뒤 자려고 누우면 몸이 너무 무거웠다. 돌로 가슴을 짓누르는 것 같이 답답했고 숨 쉬는 것도 힘들었다. 그런 내 자신에 자괴감이 들어 울다가 지쳐 잠들기도 했다. 체중은 급속도로 늘어났고 피부는 뒤집어졌다. 속은 늘 불편했고 머리는 자주 몽롱했다. 남들에게 이런 나를 보이고 싶지 않았다. 학교 수업을 빠지거나, 룸메이트가 혹시나 물어볼까 봐 두려워서 밖에서 기다리다 그 친구가 잠들 시간에 조용히 방에 들어갔다. 용기 내서 잡은 친구들과의 약속도 전날 파토내기 일쑤였고 가끔 걸려오는 전화조차 받지 않았다.

하루 종일 카페에서 일기를 쓰거나, 산책을 하거나, 공원에 앉아 있거나, 폭식했다. 그리고 '어떻게 하면 이 굴레에서 벗어날 수 있을까?'를 고민했다. 긴 머리를 싹둑 잘라 의지를 다져보기도 하고, 6시간 동안 쉼 없이 걸으면서 신체적 고통을 줘보기도 하고, 약속을 파토했던 친구들에게 다시 연락을 돌려 만나보기도 했다. 학교도 다시 조금씩 나가고 헬스장을 등록해 운동도 시작했다. 스스로 만들어놓은 고문에서 벗어나려고 계속해서 노력했다.

사이사이 폭식한 날도 물론 있었지만 그 횟수와 양은 확연히 줄었다. 돌이켜보면 이런 내 노력들이 참 대단하다고 느껴진다. 다시 하라고 하면 못 할 것 같다. 다만 딱 하나 아쉬운 점은 혼자서 모든 것을 극복하려고 했다는 점이다. 그 당시 정신과 상담도 알아보고 모임 일정도 검색해보기도 했지만 용기가 없어서 곧바로 창을 닫은 기억이 난다. 다른 사람들의 도움을 받는 것도 꽤 괜찮은 방법이라는 사실을 알았더라면 이 모든 과정이 덜 외롭고 힘들었을 것 같다. 실제로 연기 학원에서 사람들을 만나 이야기 나누고 연애를 시작하면서 폭식증은 완전히 사라졌다. 그때가 정확히 증상이 시작되고 2년이 지난 시점이다.

내 몸을
더 사랑하기 위해서

체중 감량을 위해 금식하는 사람이 주변에 많았다. 그들은 식욕억제제를 먹어가면서까지 철저히 조절했다. 단기적으론 효과가 있을 수 있겠지만, 장기적으로 보면 체중이 돌아오는 속도가 훨씬 빠른데다 건강에도 해롭다.

살을 빼려고 하는 사람들의 목적은 대부분 외부에 있다. 부모님이 잔소리를 해서, 이성에게 잘 보이기 위해서, 어디 모임에 갑자기 가야 돼서, 전 애인에게 복수하려고, 다가오는 회사 면접 때문에, 또는 연예인이라면 화면에 더 잘 나오기 위해서 등 여러 가지 이유들이 있을 것이다. 전부 타인에게 잘 보이기 위한 이유들. 그런 이유라면 스트레스 받는 다이어트로 이어지기 쉽다. 나 역시 하루빨리 타인의 인정을 받고 싶어 운동을 했다. 그리고 집에 들어갔는데 어김없이 치킨이 먹고 싶어졌다. 치킨 앞에서 무너지고 마는 내 자신이 한심하지만 꿋꿋하게 시켰다. 그렇게 또 한 번의 다이어트가 실패됐다.

고등학교 때 55킬로그램, 폭식하고 최고 몸무게는 59킬로그램, 〈내 아이디는 강남미인〉 때 48킬로그램,

그리고 〈경우의 수〉 때 44킬로그램이었다. 고등학교 때도, 폭식할 때도, 데뷔할 때도, 인생 최저 몸무게를 찍었을 때도 내 몸을 단 한 번도 사랑하지 않았다. '왜 이렇게 통통하지?', '왜 여기는 살이 안 빠지지?', '남들처럼 날씬해지려면 어떻게 하지?', '딱 1킬로그램만 더 빼면 괜찮으려나?' 등 거울을 보면서 단점들만 찾았다. 매일 아침저녁 몸무게를 기록하고, 그러다 과식하면 바로 헬스장에 가서 울면서 운동한 적도 있다. 체중은 빠졌을지 몰라도 몸엔 별로 좋지 않았다.

연기를 오래 쉬고 소속사에 나오게 되면서 자연스럽게 타인의 시선에서 멀어지니 나를 위한 관리로 눈을 돌리게 됐다. 누군가 살을 빼라고 해서, 화면에 덜 예쁘게 나와서, 다른 배우처럼 되고 싶어서 혹독하게 관리를 하다가 내 몸을 위해 적당히 잘 먹고 운동을 하게 됐다. 내가 지키고 있는 일상 속 습관들은 이러하다. 흰밥보단 현미밥, 채소 단백질 반찬은 항상 골고루 챙기고, 고칼로리 음식은 밤보단 낮에, 과식하면 물 많이, 밥 먹고 바로 눕지 않기, 야식은 먹지 않되 너무 당기면 아침에 눈뜨자마자 먹기. 그리고 삐져나온

튜브가 아무리 얄밉게 인사하고, 부유방이 들어갈 생각을 하지 않아도 있는 그대로도 충분히 괜찮고 멋있다고 칭찬해주기. 귀여운 내 뱃살들에게 "살들아, 여기서 놀아도 되는데 다른 데 가서 놀면 더 좋겠다"라며 기분 좋게 달래주는 것과, "너 너무 싫어! 혐오스러워! 꺼져!" 같은 말을 하는 것 중 뭐가 좋을까? 듣는 뱃살도 전자를 더 듣고 싶어 하지 않을까?

강압적이고 억압적인 느낌이 드는 다이어트는 이제 싫다. 채소만 먹어야 할 것 같고, 아침 몸무게에 따라 하루 기분이 정해지고, 살이 찌면 이 세상에서 가장 쓸모없는 인간이 된 듯한 기분을 느끼게 만드니까. 정신 건강에 해롭기만 하니까. 그보단 훨씬 지속 가능한 건강한 식습관을 갖추는 것이 모든 방면에서 도움이 됐다. 체중 감량은 물론, 스트레스를 받지 않으면서도 먹을 거 다 먹고, 전보다 훨씬 건강해졌다. 심지어 요요도 없었다. 가장 중요한 것은 한 입 한 입 음미하면서 맛있게 먹는 여유가 생겼다는 점이다.

폭식증을 겪은 이후론 과식, 소식, 금식은 절대 하지 않았고 적당한 양과 건강한 식습관을 지켰다. 아무리 바쁘고 상황이 여의치 않더라도 간식이라도 꼭 챙겨 먹었다. 거르게 되면 그다음 끼니 때 과식하게 될 수도 있으니까. 건강하게 잘만 먹으면 체중 감량은 뒤따라온다. 반드시 헬스장에 가서 PT를 받을 필요는 없다. 어플이나 유튜브에서도 충분히 원하는 정보를 쉽게 찾아볼 수 있고 설명도 꽤나 상세하다. 살이 쪘다고 해서 인생이 바뀌는 것도 없고, 오히려 살로 인해 스트레스를 심하게 받으면 삶이 흔들릴 수도 있다. 그러니 살보단 건강이 항상 우선임을 잊지 않았으면 좋겠다.

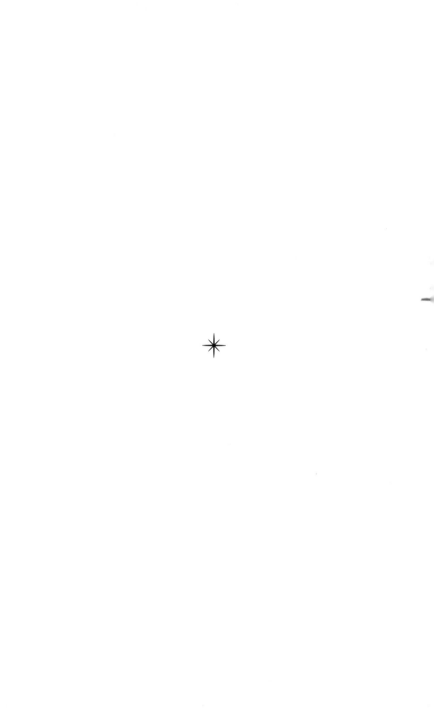

3일 금식,
과연 성공할 수 있을까?

3일 금식을 선언했다. 사실 어젯밤부터 시작하려 했는데, 며칠 전부터 아른거렸던 아보카도 햄버거는 먹고 시작하자 싶어 오늘 낮에 아주 만족스럽게 먹고 금식을 시작했다. 마지막 만찬으로부터 현재 6시간 정도 지났고, 배꼽시계는 밥 먹을 시간이라며 뇌에 신경 전달 물질을 사정없이 보내고 있다. 배고프다. 더 배고파져서 힘이 없어지기 전에 이 글을 쓴다.

3일 금식은 작년부터 미루고 미뤘던, 어떻게 해서든 뒷전으로 미루고 싶었던, 그래도 한 번쯤 해보고 싶었던 도전이었다. 금식을 여전히 지양하긴 하나 3일 금식을 하고 싶었던 데는 나름의 이유가 있다. 작년 여름, 저탄고지와 키토 관련한 도서를 우연히 발견하고 상당히 재밌게 읽었다. 저자는 책에서 단식에 대한 장점들을 강조했다. 면역 체계가 리부트될 수 있고, 암으로 발병할 수 있는 세포들을 없앨 수 있다며, 키토 상태로 들어가는 데 단식만 한 것이 없다고 강조했다.

시기도 적절했다. 그동안은 '아르바이트할 때 힘들어서 안 돼', '중요한 미팅을 앞두고 힘 빠지면 안 돼', '어차피 술 약속 있는데 뭐 하러 해' 등 온갖 그럴싸한 핑계를 둘러댈 수 있었다. 그러나 자가 격리를 하는 지금은 어떠한 핑계도 댈 수 없다. 내가 생각해도 이보다 적절한 시기는 없다고 판단했다. 이번만큼은 마냥 미루고 무시할 수가 없었다.

나는 5년 가까이 매일 18시간 정도는 무리 없이 간헐적으로 단식하며 살아왔다. 아침에 눈을 뜨면 밥부터 먹어야 하는 번거로움이 있긴 하지만, 익숙해져서 그런지 저녁에 엄청나게 배고프지 않아서 괜찮았다. 그렇다 해도 3일 금식은 완전히 다른 이야기였다. 배에서 꼬르륵 소리가 날 정도로 배고팠다. 촬영처럼 중요한 일이 있지 않은 한 이런 배고픔을 느낄 틈이 애초에 없었다. 그 전에 꼭 식사를 했으니까.

배고픔은 내게 있어 '고통' 그 자체였다. 신경이 금세 날카로워진다. 평상시엔 둔하다는 소리를 들을 정도로 그 어떤 상황에도 평온하지만, 식사 때를 놓치면 내 안에 있는 헐크가 깨어난다. 이런 성향을 스스로 아주 잘 알고 있었기에 아무리 이른 새벽 촬영이더라도 그보다 2시간 일찍 일어나 미리 준비해놓은 (새벽엔 원하는 메뉴가 배달이 안 될 확률이 더 크기에) 밥을 먹고 소화까지 시켜야만 스케줄을 기분 좋게 시작할 수가 있다. 만약 연속으로 촬영이 있어서 밥 때를 놓칠 수밖에 없는 상황이면 간식거리들을 미리 차에 놓아뒀다.

배고픈 상태를 별 일 아닌 것처럼 넘기고 감정을 추스를 필요가 있다고 판단했고, 3일 단식을 통해 음식과 조금 거리를 둠으로써 '먹는 행위에 대한 생각'을 다시 잡아보고자 했다. 이왕이면 내 헐크와 이별하고 싶다. 폭식하던 시절 덕분에 어느 정도 건강한 식습관을 가질 수 있었지만, 동시에 '배고픔은 곧 고통'이라는 생각을 뿌리내리게 했다. 폭식의 괴로움에서 벗어난 만큼 '배고픔도 즐길 수 있는 나'로 발전하면 좋을 것 같았다.

이렇게 굳게 다짐하고 금식한 지 10시간이 지난 밤 10시 44분. 손발은 저려오고, 배는 쉬지 않고 꼬르륵거렸다. 두통도 일어났다. '도대체 왜 밥을 굶어야 하는지 모르겠다'며 오열했다. 육회가 너무 먹고 싶다며 발버둥치는 내게 룸메이트 언니가 금식을 꼭 포기해야 하는 이유 10가지를 대보라고 했다. 내 안에 남은 핑계들을 기다렸다는 듯이 얼른 쏟아냈다.

　하나, 자가 격리라는 적절한 시기에 금식을 시작해보려 한 것은 맞지만, 이에 대한 내용을 이 책에 쓰려고 한 것은 맞지만, 그 누구도 내 금식에 대해 궁금해하지 않을 거야. 유튜브에 널리고 널린 것이 3일 금식 후기인데, 굳이 여기에 구체적인 내용을 실을 필요는 없다고 생각해. 나에겐 이것 말고도 들려주고 싶은 스토리가 많아!

　둘, 바쁘고 중요한 이때 금식을 하는 것은 상당히 비효율적이야. 밥이 원료인 사람에게 원료가 없으면 할 수 있는 것이 아무것도 없어. 앞으로 처리해야 할 일들이 산더미처럼 쌓여 있다고!

　셋, 힘이 없는데 글을 어떻게 써? 자가 격리 7일 동안 쓰기로 마음먹은 책인데 3일 금식을 해서 그 어떤 내용도 쓰지 못하면 이보다 무책임한 짓이 있을까? 글은 저절로 써지지 않아! 엄청난 두뇌 활동과 오른쪽 팔의 근육, 똘망똘망하고 집중력 가득한 눈, 몇 시간 앉아도 꿈쩍도 않을 수 있는 엉덩이가 필요해. 고작 하루 굶었다고 팔다리가 저려오고 앉아 있을 힘조차 없는데, 내일과 모레엔 더 심하지 않을까?

넷, 물론! 3일 금식을 선언한 것은 나야. 그 누구도 아닌 내 선택으로 시작한 것이지만, 사람은 모두 오판을 해. 나는 내가 3일 밥을 먹지 않고도 밀린 이메일에 회신을 하고, 다음 프로젝트를 기획하고, 운동을 하고, 글도 쓸 수 있을 줄 알았어. 하지만 완전히 잘못된 판단이라는 것을 깨달았고, 괜히 미련하게 하루 더 도전해서 포기하느니 재빨리 계획을 수정해서 더 철저히 준비하고 재도전하는 것이 맞지 않을까?

다섯, 그렇지만 이번 경험은 결코 헛되지 않았어. 내 몸이 한 끼 금식으로도 많은 영향을 받는다는 것을 알았고, 내 생각엔 최소 1주일 정도 준비 기간을 두는 것이 3일 금식을 실천하는 데 도움이 될 듯해. 가장 중요한 배움은 트러플 찜닭과 아보카도 베이컨 햄버거 말고 샐러드 같은 다이어트식으로 위를 줄여놓고 시작하라는 거야!

여섯, 나는 내 일을 정말로 잘하고 싶어. 3일 금식을 강행한다면 득보단 실이 더 많을 것이 분명해. 그렇기 때문에 이것을 강행할 이유가 하나도 없어. 목적을 못 찾겠어. 모든 일엔 목적이 있어야 하는데!

일곱, 금식을 24시간도 못했다는 죄책감과 밤늦게 먹는다는 죄책감까지. 육회를 결코 맛있게 먹을 수 없는 상황이지만, 이왕 1만 9,000원을 주고 시키는 육회라면 행복하고 맛있게 먹으면 좋지 않을까?

여덟, 집착에서 벗어나고, 내 미래와 3일 단식이 주는 의미, 그리고 몸에 줄 긍정적인 영향들 전부 좋지만 내 인생의 모토는 "지금, 조금 더"야. 3일 금식은 지금으로선 어떤 도움도 주지 않아. 그러니까 여기에 조. 금. 더. 노력하고 싶지 않아!

아홉, (여기서부터 감정을 억누르지 못하고 눈물샘이 터졌다.)

열, 먹고 싶어!!!!!!!!!!!!!!!!!!!!!!!!!!!!!!!!!!!!!

옆에서 내 모노드라마를 지켜보다 못한 언니가 조용히 내 앞에 육회를 내밀었다. 우습지만 금세 안정감을 되찾았다. 금식은 실패했다. 이로써 나는 '먹는 행위' 그 자체에 대한 집착을 버리지 못했다. 비록 한 끼

일지라도 금식은 만만히 봐선 안 되는 일이라는 것을 몸소 배웠다. 기필코, 언젠가 다시 도전하겠다.

적당히 잘 먹는 것이
내 행복

식사하는 시간, 그러니까 하루에 2번 정도 아주 깊은 내면에서부터 진정한 행복을 느낀다. 그 크기도 상당하다. 인간이 느낄 수 있는 쾌락의 정도가 1부터 10이라면, 나는 운동이 1, 숙면이 3, 여행이 6, 식욕이 9 정도라고 할 수 있겠다.

포털 사이트에서 돌아다니는 인간 쾌락 수치 그래프를 봤는데, 사람들 평균이 운동이 3, 숙면이 7, 여행이 10이라고 한다. 그렇다면 식욕은? 알 수 없다. 표에 그 어디에도 식욕에 대한 언급이 없었기 때문이다. '극심한 갈증 해소'가 2라고 나와 있던데, 설마 이것이 넓은 의미로 '식욕 해소'를 뜻하고 그 수치가 정말 2밖에 되지 않는다면, 평균이 이상하거나 그래프 재검사가 시급하거나 둘 중 하나 아닐까.

물론 지극히 개인적인 생각이다. 나와 정반대의 사람들도 살면서 종종 만났다. 그들은 음식을 먹는 행위가 인간의 본능적인 욕구 해소 정도로만 여기거나, 그마저도 귀찮다며 하루빨리 모든 영양소를 담은 알약이 개발됐으면 좋겠다고 했다. 무엇을 먹어도 큰 만족감이 없다는 이유로 그들과 함께하면 내가 먹고 싶은 식당 위주로 갈 수 있다는 장점은 있었지만 마음 한구석엔 안타까운 감정이 들었다. 좋은 정보가 있으면 공유하고 싶듯, 맛있는 음식이 있으면 그 맛을 꼭 느꼈으면 하는 마음이 있기 때문에.

음식을 직접 맛보는 것이 아니더라도 눈으로 보기만 해도 즐겁다. 애니메이션 영화 〈라따뚜이〉는 내가 무척 아끼는 영화다. 족히 5번은 넘게 봤다. 주인공 쥐가 영화 초반에 음식을 먹고 입안에서 폭죽이 팡팡 터지는 장면이 나오는데, 맛을 표현하는 그 장면에서 주인공에게 순간적으로 감정 이입이 되면서 단숨에 마음이 빼앗기고 말았다. 또 TV를 잘 보는 편이 아님에도 〈백종원의 골목식당〉은 매주 꼬박 챙겨보던 프로그램이다. 백종원 선생님이 식당에서 맛없는 음식을 먹으면 화가 난다고 했는데, 실은 나도 그렇다. 맛이 없으면 실망을 넘어 속이 상한다. 반면 음식이 개선돼 많은 손님들이 맛있게 먹고 사장님도 기뻐하는 모습을 보면 덩달아 기분이 좋아진다. 마지막 방송을 한 날엔 술 한 잔하며 아쉬운 마음을 달랬다. 최애 프로그램을 떠나보내고 꽤나 오래 공허했던 기억이 난다.

음식에 대한 애정이 아무리 듬뿍 넘쳐도 못 먹는 음식은 있다. 번데기, 선지, 홍어, 그리고 영양탕. 이 4가지를 제외하면 웬만하면 다 잘 먹는다. 한식, 일식, 중식, 양식, 날것, 익힌 것, 채소, 고기, 프렌차이즈, 배달, 외식, 집밥, 요리, 밀키트, 인스턴트, 혼밥 또는 여럿이서. 각자만의 매력이 다 다르기 때문에 전부 환영이고 애정한다. 가끔 때에 따라 선호도가 바뀌긴 하나, 뭔들 싫고 뭔들 가릴 필요가 있을까? 그래서 의외로 편식이 없고, 집이든 밖이든 파스타든 고등어구이든 웬만하면 쾌락 지수 9인 식사를 한다.

그런데 특이하게도 뷔페를 가면 지불한 값의 반의 반도 못 먹고 나온다. 1가지 음식을 한 접시 가득 담아 먹는 것은 잘하지만, 여러 가지 음식을 그것도 많이는 못 먹는다. 그래서 뷔페를 가게 되면 동행인에게 미리 사과를 한다. 아주 조금씩 접시에 담아와 최대한 많이 먹으려고 한다. '뷔페를 갈 바엔 을지로에 가서 냉면 1그릇 먹는 것이 더 좋은데.' 속마음은 그렇다.

먹는 것을 좋아하는 것에 비해 먹는 양은 많지 않다. 태어날 때부터 위가 작아서, 원래 소식좌라서, 그리고 직업 때문에 다이어트를 해야 해서가 아니다. 이 것은 식욕을 건강하게 다스리려고 했던 지난 몇 년간 지속한 훈련의 결과임을 밝힌다. 먹는 것의 행복을 오 래 유지하기 위해 적당히 잘 먹는 것이 최선이라는 결 론을 내렸다. 과식을 하면 행복이 줄어든다. 행복을 느끼기도 전에 졸음이 쏟아지고, 가끔은 불쾌하기까 지 한다. 적당히 배가 불러야만 포만감이 쾌락 수치를 9까지 올려주는 데 톡톡한 역할을 한다.

내 생활 방식에 최적한 식습관을 찾기 위해 책도 많이 보고, 공부도 하고 있다. 유행하는 키토나 간헐 적 단식, 채식 등 여러 가지 시도도 해봤다. 체중 밸 런스가 아니라 인생 밸런스가 필요했기에, 무엇보다 "당신이 먹는 것이 곧 당신입니다(You are what you eat)"라는 이 문장을 믿고 있기에.

맛있는 음식을 좋아하는 나를 보며 엄마는 "남들 눈엔 식탐으로 비춰질 수 있으니 조심하라"고 한다. "오늘은 뭐 먹었냐"는 엄마의 질문에, "청경채 볶음밥 에 만두 사이드로 두고 시장에서 사온 겉절이랑 차려 서 먹었다"고 답하면 엄마는 이렇게 말한다.

"가끔은 '대충' 때울 줄도 알아야 해."

엄마뿐만 아니라 "그냥 대충 먹자", "아무거나 먹지 뭐"라고 입버릇처럼 말하는 사람들이 있다. 그중 1주일 내내 라면만 먹는 친구도 있다. "맛있고 다른 거 해먹긴 귀찮아서"가 그 이유다. 라면이 맛있다는 거 알고, 요리가 당연 귀찮은 것은 알지만 매번 나트륨 함량이 높은 라면으로 몸에게 연료를 주는 것은 용납할 수 없어 지금까지도 잔소리를 하고 있다.

'대충'이라는 단어를 음식 먹는 것에 적용해도 괜찮을까? 무교지만 성경에서도 일용할 양식에 감사하며 기도를 올리는 것처럼, 매끼 먹는 음식에 감사하며 오늘 하루 고생한 몸에게 주는 에너지원이라 생각하면 '대충' 먹지 않게 되지 않을까? 자동차엔 꼬박꼬박 기름 몇십만 원씩을 넣으면서 어떻게 내 몸엔 대충 아무거나 넣거나 아예 넣지 않을 수 있을까? 더불어서 음식을 좋아하는 것을 두고 '식탐'이라고 치부하는 문화 역시 사라졌으면 좋겠다. 인간의 당연하고 본능적인 욕구이며, 그 욕구의 크기가 사람마다 다를 뿐이지 크거나 작다고 해서 잘못된 것은 아니라고 생각한다.

세상은 넓고 사람들은 워낙 다양하니, 행복도 제각각 다를 수밖에. 강요할 수 없는 노릇이니 누군가 음식 대신 영양소 공급을 위한 알약 개발을 응원하는 동안, 나는 음식이 주는 행복을 아낌없이 누리면서 살아가겠다.

part 4

돈

있으면 좋고,
하지만 없으면 안 되는

바람이 불면
그 방향대로 흔들렸다

김광석의 〈바람이 불어오는 곳〉은 10년 동안 플레이리스트에서 부동의 상위권 자리를 지키고 있는 노래다. 가사가 특히 20대 초반의 내 마음을 가장 잘 대변해준다. 가사 그대로 바람이 부는 방향대로 정처 없이 많이도 떠돌아다녔다. 산책하는 동안 꼬불꼬불 꼬인 유선 이어폰으로 이 노래만 무한 반복해 들었던 기억이 선명하다.

바람의 손짓에 넘어간 것은 비단 내 발걸음뿐만이 아니었다. 내 지갑도 활짝 열렸다. 절제라는 것을 모르고 매번 바람의 속삭임에 넘어가 돈을 휘이 날렸다. 살랑살랑 오라는 꼬임에 넘어가기 일쑤였다. 이 모든 것이 단순한 비유로 그치면 좋겠지만 그럴 일은 없다. 정말 쓸데없는 곳에 돈을 많이 썼다. 길에다 뿌리고 다녔고, 실제로 지갑을 잃어버려 자연에 돈을 돌려보내는 행위도 자주 일삼았다.

서울에 올라온 뒤, 대학교 학비와 기숙사 비용은 감사하게도 전부 부모님이 지원해줬다. 22살 첫 아르바이트를 하기 전까진 부모님으로부터 용돈도 꾸준히 받았다. 당시에 내가 자유로이 소비할 수 있는 돈은 그달의 용돈, 즉, 월 30만 원이었다. 그 돈으로 휴대폰 요금, 학교 왕복 교통비, 식비 등을 모두 해결해야 했다. 나중에 들은 이야기지만, 아빠는 1개월치 용돈으론 충분하지 않을 돈이기에 당연히 이를 충당하기 위해 과외를 할 것이라 생각했다고 한다. 엄마는 아빠 몰래 뒤에서 카드를 쥐어주기도 했다. 정작 나는 아르바이트를 할 생각은 해보지도 않았을뿐더러, 엄마 카드를 쓸 배짱조차 없었다.

1개월의 시작인 1일이 되면 주거래 은행에 띵 알람이 울렸다. 30만 원이 입금된 것이다. 그리고 돈은 금방 띵하며 빠져나갔다. 띵, 띵, 띵, 띵띵띵. 다른 친구들은 어땠을지 잘 모르겠지만 나 같은 경우엔 조금 빨리 통장 잔고가 바닥났다. 내게 신용카드와 대출은 정말 말도 안 되는, 아주 머나먼 어른들 세계의 이야기였다. (머나먼 세계가 생각보다 가까이 있다는 사실을 그땐 몰랐다.) 어쨌든 다달이 내야 하는 카드값도, 대출 이자도 없었음에도 불구하고 월 30만 원은 빛의 속도로 사라졌다.

집착이 존재하는 곳을 알아내고 싶다면 '돈'이 향

하는 곳을 따라가 보면 쉽게 찾을 수 있다. 바람이 불어오는 곳에 돈도 따라갔고, 돈이 있는 그곳에 어김없이 집착이라는 녀석이 함께 있었다. 돈이 풍족할 때보단 한정적일 때 이 현상은 더 극명하게 드러났다. 돈이 부족해도 적금이든 생활비든 품위 유지비든 다른 필수품을 포기하는 대신, 우선 내 집착을 달랠 수 있는 물건을 구입했다. 22살 전엔 술과 담배를 접하기 전이니, 주로 허기를 달래는 용도에 쓰였다.

'10년 전이면 지금보다 물가가 훨씬 낮을 텐데, 학생 한 끼 식사가 비싸면 얼마나 비싸겠어' 하고 의문을 가질 수도 있을 것이다. 당연히 매일 학생 식당에서 끼니를 해결하면 10만 원 안으로 식비를 해결할 수 있었겠지만, 그러려면 친구들과의 만남도, 사회생활도 일체 자제해야 한다는 이야기다. 앞서 말했듯, 음식은 식사 이상으로 내가 집착하는 대상이었다. 절대 한 끼 식사로 끝나지 않았고, 사람들과 밥을 먹고 난 뒤엔 또 음식을 찾았다. 뻥튀기 하나로 끝없는 허기를 채웠으면 다행이었겠지만, 뱃속에 사는 거지가 탐하는 음식은 양도 많을 뿐 아니라 종류도 참으로 다양했다. 30만 원을 탕진하는 데 걸리는 시간은 1주일이면 충분했다.

1개월 중 1주일은 안락하고 나름 만족스러운 반면, 남은 날은 무척 예민해진다. 돈이 떨어지면 그제야 기숙사 식당을 찾았다. 식권제로 운영됐기 때문에 미리 구비해둔 식권이 있으면 다행이었다. 또한 무한 리필이 돼서 맛은 부족해도 차선책이 없기에 위도 적당히 괴롭혔다. 최악의 경우는 식권까지 없을 때다. 배식해주는 직원 이모님과 안면이 트고 부턴 몇 번 정도는 까먹고 안 챙겼다 하면 흔쾌히 먹으라며 보내줬지만, 그것도 하루 이틀이었다. 콩알만 한 간이 뱃속 거지를 매번 꾸짖으며 차라리 굶으라고 강력히 말렸다.

돈도 식권도 없다고 마냥 굶지만은 않았다. 친구들에게 사달라고 하거나, 선배들 술자리에 더 열심히 참여하거나, 알라딘에 책을 중고로 판매하고 그 금액에 맞춰 밥을 먹거나, 헌혈 후 교환권을 받아 햄버거를 뿌듯한 마음으로 먹는 등 다양한 방법으로 허기를 채웠다. 그렇게 먹고 나면 자괴감도 잊지 않고 찾아왔다. 매 순간 하는 자책과 후회들이었지만, 언제나 그렇듯 큰 도움이 되진 않았다. 돈은 매번 더 빠른 속도로 없어졌고, 배는 원망스럽게도 항상 고팠다.

폭식증이 멈췄을 땐 혼술을 시작했다. 휴대폰 요금은 밀리더라도 그날 마실 술을 살 돈은 무조건 있었다. 담배를 피우기 시작했을 땐 카드 리볼빙 신청을 하는 한이 있더라도 담배가 떨어지는 일은 없었다. 그리고 엄마 카드도 무서워서 썼던 적이 거의 없던 내가 어느새 은행 대출상품과 금리를 읽기 시작하며 멀게만 느꼈던 어른들의 세계에 어느덧 입성했다.

몇 달을 그렇게 보내니 배고픔 앞에 자존심도 배짱도 필요 없다는 것을 알았다. 적극적으로 과외 아르바이트를 알아보게 됐고, 엄마가 쥐어준 카드를 지갑 맨 앞칸에 꽂아두고 부지런히 썼다. 나중엔 엄마에게 "이게 뭐야?"라는 잔소리를 들어도 "사랑해 엄마!" 하며 답하고 카드를 쉬지 않고 긁는 뻔뻔함도 생겼다.

돈을 직접 벌기 시작하면서 어느 정도 바람의 유혹을 거부할 수 있게 됐다. 필요하지 않은 디저트와 멀어지고, 진짜 허기와 거짓 허기를 감지하는 능력이 생기고, 음식 외에도 사고 싶은 것들이 하나둘 생기면서 돈을 조금씩 분배해서 쓰기 시작했다. 점점 내 의지하에 지갑을 열게 됐다. (지갑을 열면 바로 앞에 엄마 카드가 나를 뚫어져라 쳐다보는 것도 한몫했다.) 이렇게 바로 똑똑하게 지출을 했던 것은 물론 아니다. 1개월 동안 아르바이트하고 번 돈보다 더 비싼 물건을 할부로 사기도 하고, 양질의 음식을 경험하고 싶어 파인다이닝에 돈을 아끼지 않거나, 딱히 갈 곳도 없는데 왠지 모르게 분기별로 아른거리는 옷들을 서슴없이 사서 집에 데리고 오기도 했다.

마음에 바람이 불 때마다 카드값은 자연히 늘었다. 하지만 신기하게도 집착들이 한둘 사라지면서 빚도 갚을 수 있었고 돈도 서서히 쌓였다. 시간이 오래 걸리긴 했지만 드디어 은행에서 적금 상품을 들기도 했다. 완전한 경제적 자유를 얻었다고 하기엔 한참 부족하다. 여전히 내 지갑 맨 앞칸엔 든든한 엄마 카드가 꽂혀 있다. 돈과 사투를 벌이는 과정에서 비로소 돈은 화폐 이상이라는 것을 배웠다. 내 집착을, 생각을, 마음을, 그리고 삶을 어느 정도 대변해주는 것이 바로 돈이었다. 현시점에서 돈을 가장 많이 쓰고 있는 곳은 책과 전시회 같은 개인 작업물이다. 당장 사고 싶은 것은 노트북이다. 지금 쓰고 있는 노트북에 딱히 문제가 없어 산다면 불필요하고 충동적인 구매가 될 것이다. 그러니 일단은 꾹 참아본다.

통장은 늘 좀 더 풍족했으면 하는 바람이 있지만 그 어느 때보다 바닥과 멀찍이 떨어져 있어 음식을 먹지 않아도 배가 부를 정도다. 유일한 빚은 엄마에게 있지만 엄마는 기어코 이자 받기를 거부하고 있다. 나에게 하는 투자는 월 8만 원의 헬스장을 다니는 것과 몸에 좋은 건강한 음식을 챙겨 먹는 것 외엔 크게 없다. 지갑은 5년 넘게 쓰고 있다. 옛날에 물감칠을 해봐서 약간 지저분하긴 하지만 전처럼 잃어버리진 않는다. (사실 5년에 걸쳐 딱 2번 잃어버렸었는데, 신기하게도 모두 돌려받았다.) 휴대폰 만보기 어플로 들어오는 10원도, 돈 빠져나가는 띵 소리도, 잠시 스치는 아르바이트 월급도, 연기를 해서 받는 출연비도, 액수를 떠나 모두 감사하다. 그리고 여전히 바람은 불지만 마냥 따라가진 않는다.

돈이 아니라
마음이 더 중요하다는 것을

A라는 언니가 있다. 그녀는 같은 고등학교를 나와 홍익대학교 마익스케빈 시절을 보내고, 지금도 무슨 일이 있으면 한걸음에 달려와주는 사랑하는 친구이자 1살 위 언니다. 언니는 우리들 사이에서 '리치 언니'로 오랫동안 불려왔다. 넓은 마음만큼이나 씀씀이도 아주 화끈했다. 한 예로, 최근에 코로나 격리 후 언니는 본인을 더 사랑하며 살겠다는 다짐을 했다. 그러곤 곧바로 백화점에 달려가 1천만 원 가까이 되는 반지를 사며 이렇게 말했다.

"예전부터 사고 싶었는데, 왜 그동안 안 샀는지 몰라."

다시 한번 말하지만 정말 멋진 언니다.

솔직히 언니를 보며 부러워한 적이 많다. 언니가 해외여행을 여기저기 다녀온 것을 보고 나도 다음 휴가 때 한번 갔다 와볼까 하고 비행기표를 찾아봤다가 말도 안 되는 액수에 화면 창을 후다닥 꺼버렸었다. 한번은 같이 쇼핑을 하는데, 내가 딴 곳을 보는 동안 언니는 그 짧은 사이 샤넬 매장에서 1천만 원이 넘는 가방을 들고 와 보여줬다. 언니가 "예쁘지?"라고 해맑게 물어보면 나는 최대한 태연하게 "어, 근데 얼마라고?" 하며 되물었다. 천문학적인 가격에 가방의 정교한 디자인, 고급스러운 가죽, 큼지막한 로고 등은 전부 눈에 들어오지 않았다. 이런 적이 한두 번이 아니었지만 매번 놀라웠다.

일명 '그들이 사는 세상'을 A 언니를 통해 조금은 가까이서 엿볼 수 있었다. 언니가 없었더라면 절대로 가보지 못했을 여행지와 매장, 그리고 맛집들을 경험했다. 그리고 어리석게도 내가 본 것이 전부라고 생각했다. 부자라면 A 언니 정도는 돼야 하는 거구나, 그럼 나는 부자가 아니구나, 부자가 되려면 멀었네, 과연 그 정도 부를 온전히 내 힘으로 축적할 수 있을까, 안 될 것 같은데. 막연한 부의 기준을 두고 나 혼자 원망, 분노, 서러움, 두려움 등의 감정에 휩싸이곤 했다.

부자가 무엇인지도 모르면서 부자에 대한 동경심으로 내가 본 것을 무작정 따라 하기 바빴다. 돈이 없어도 명품을 사고(그리고 얼마 안 돼서 되팔았다), SNS에 올리기 위해 핫하다고 유명한 레스토랑에서 비싼 음식을 사 먹기도 했다. 내가 돈이 없다는 사실을 들키고 싶지 않아 거짓말을 하고, 내 사정을 솔직히 말할 용기가 없어 친구와 가족 기념일 선물을 할부로 사기도 했다. 백화점에서 마치 살 것처럼 한참을 옷을 입어보곤 결국 아무것도 사지 않고 지하 식당에서 밥만 먹고 돌아온 날도 셀 수 없이 많다.

20대 초반에 초밥집에서 아르바이트하면서 산 프라다 지갑은 결코 내 만족을 위한 소비가 아니었다. 물건 하나를 무리해서 사려면 다른 하나를 팔아야 했고, 대체로 1번에 그치지 않았다. 내 능력치를 벗어난 소비는 어떤 방식으로든 갚아야 한다는 사실을 왜 몰랐을까. 더군다나 그 핫하다던 레스토랑은 화날 정도로 맛이 없었다. 음식에 예민한 내 혀와 장에게 그렇게 미안할 수가 없었다. 과거 '돈이 있는 척'했던 내 모습이 너무나 부끄럽다. 주변의 시선을 그토록 의식했던 것이 참으로 안타깝다. 백화점 지하 식당 음식을 먹으면서 실제 쇼핑백을 들고 있는 사람들을 관찰하며 부러워했다. 구부정하게 눈치 보며 밥을 먹던 나를 꾸짖고 싶다.

"여기 그만 오고 집에서 밥 차려 먹어봐. 다른 사

람들 그만 보고 거울부터 봐."

A 언니를 더 가까이, 더 오래 옆에서 보며 깨달은 점이 하나 있다. 진짜 부자들은 나처럼 행동하지 않는다는 것이다. 명품을 자주 사더라도 할인마트에서 파는 속옷도 극찬하며 산다. 누군가에게 잘 보이기 위해 옷을 차려입지만, 언니는 예쁜 옷을 입기보다 사람들에게 꽃 선물과 직접 만든 디저트 나누는 일을 더 좋아한다. 스스로를 진정으로 아끼는 만큼 남에게도 잘 베푼다.

실제로 언니와 1년 가까이 함께 살면서 그런 모습을 자주 목격했다. 내 방황을 누구보다 가까이서 지켜보며 힘들 때 가장 많이 도와줬었다. 상황이 힘들면 정말 많이 사주기도 했고, 어렵게 빌려달라 이야기하면 1초 만에 입금하겠다며 군말 없이 도와줬다. 심지어 여행 경비도 보태겠다며 같이 여행 가자고 제안을 몇 번이나 했다. 이렇게 선뜻 마음을 열어주고 도움을 준 것은 나뿐 아니라 주변 사람 모두에게 해당됐다.

진짜 친한 우리 무리들은 언니를 너무 잘 안다. 장난스럽게 애정 섞인 별명으로 '리치 언니'라 부르지만, 사실 리치보단 '착한 언니'가 더 적합할지도 모르겠다. 언니는 돈을 떠나 진정한 부자였다. 인생을 사랑하고, 자신을 사랑하고, 남을 사랑했다. 돈을 떠나 마음으로도 충분히 부자가 될 수 있다는 것을 언니를 보며 배운다. 언니는 아마도 한결같은 모습으로 이것저것 물건들을 사며 해맑게 "예쁘지?" 하고 묻겠지. 그러면 나는 가격을 되묻는 대신 "응, 언니만큼이나"라고 답해줘야지.

그녀의 이유 있는
장비병

이번엔 N 언니다. 언니와는 내가 속해 있던 전 기획사에서 신인 개발 팀장님으로 있어 알게 된 사이다. 보통 회사 내, 특히 신인 개발 팀장님이라고 하면 신인 배우들은 조금 어려워한다. 나 역시 회사 1~2년 차 땐 깍듯이 "안녕하세요 팀장님?", "식사하셨어요, 팀장님?" 하며 조심스럽게 다가갔다. 하지만 몇 번의 술자리를 갖은 후 곧바로 "언니? 오늘도 한 잔?" 하는 허물없는 사이가 됐다. 언니는 29살이라는 비교적 어린 나이에 팀장 직급을 달았는데, 얼마 안 돼서 과감히 회사를 나와 현재는 사진작가의 길을 걷고 있다. 역시나 멋진 언니다.

전 기획사에선 신인들을 대상으로 격주마다 '연기 평가'라는 것을 진행했다. 회사 직원들이 번갈아가며 참석해 평가하는 자리였는데, 그중 불변으로 자리를 지켰던 멤버는 대표님, 이사님, 그리고 우리 N 언니다. 주로 대표님은 종이에 코멘트를 끄적였고, 이사님은 허리를 꼿꼿이 세워 우리를 뚫어져라 쳐다봤고, 언니는 휴대폰으로 우리 연기를 영상으로 담는 일을 했다. 그 앞에서 연기를 할 때마다 유독 눈에 들어오는 것은 대표님의 바쁜 손도, 이사님의 날카로운 눈빛도 아닌, 바로 나를 찍어주고 있는 언니의 휴대폰이었다. 3개월의 1번꼴로 휴대폰이 바뀌어 있었고, 케이스도 거의 매번 새로 보는 것이었다. 심지어 책상엔 최신 장비로 가득했다. 새로움으로 무장한 그녀의 장비들은 늘 우리를 실망시키는 법이 없었다.

한번은 회식 자리에서 N 언니가 모두를 심각하게 걱정시키게 만들었던 적이 있다. 여태까지 휴대폰 기종, 케이스, 색상 등 앞으로만 나아가던 언니가 이번에 새롭게 바꾼 휴대폰이 다름 아닌 2G 폴더 폰이었기 때문이었다. 도대체 무슨 일이 있는 거냐며 재차 물었고, 언니는 아주 짧게 대답했다.

"그냥, 다 지겨워서."

너무나 인상 깊은 말이라 아직도 잊히지 않는다. 그녀가 술에 조금 취했을 때 나는 심문해보기로 마음먹었다. 무슨 일이 있고도 남았음이 분명했다. 기름진 탕수육으로 그녀의 신체 긴장을 이완시키고, 고량주 몇 잔으로 감정을 살피고, 대화의 흐름을 적절히 틈타 자연스럽게 준비한 대사를 내놓았다.

"언니, 혹시 헤어졌어요?"

예상이 적중했다. 언니가 최신 아이폰을 뒤로하고 갑자기 2G 폴더 폰으로 갈아탄 이유는 이별 후유증 때문이었다. 평상시 언니는 승진을 하거나, 새로운 배우를 만나거나, 프로젝트를 시작했거나, 월급이 들어오거나, 이별처럼 심리적인 변화가 클 때면 그때마다 그 감정을 고스란히 장비들에 녹여냈다. 마치 토니 스타크가 그만의 장비들로 아이언맨을 완성시킨 것처럼, 언니는 새롭게 장만한 장비들로 그녀만의 아이덴티티를 만들어냈다.

언니의 장비 목록을 휴대폰, 패드, 시계, 노트북 정도로만 알고 있었는데, 그것은 그녀가 기획사 팀장님 역할로 살아갔을 때의 이야기였다. 사진작가의 언니는 이제 완전히 새로운 장비들을 갖췄다. 그녀의 첫 단추인 사진전을 함께 준비하게 된 나는 아주 가까이서 하나하나 쌓여가는 장비들을 보며 놀라움을 감출 수 없었다. 사진전 작업 초반엔 생전 처음 보는 생소한 기계들이 신기했지만, 나중엔 생전 처음 듣는 가격들에 정말이지 기가 찼다.

토니 스타크는 본인 회사에서 누구에게도 의뢰하지 않고 자신의 천재적인 기술력으로 장비를 뚝딱 만들어내는 반면, 언니는 대기업이 정성스럽게 부품 하나하나 만들어낸, 거기에 마케팅까지 버무린 완성된 장비를 구입해야 했다. 그러니까, 한마디로 비싸다는 의미다. C사의 300만 원 카메라 바디, 종류만 해도 몇십 개나 되는 200만 원어치 렌즈들(언니 말론 하나하나 빠짐없이 필요하다 했다), 후작업을 위한 A사 200만 원 노트북, W사 40만 원 와콤, 정확한 용도를 알지 못하는 갖가지 케이블들과 부품들, 이 모든 것을 완벽히 담고 다닐 수 있는 100만 원짜리 가방, 그리고 아직 그녀의 결제를 기다리고 있는 장비들까지 합치면 어마어마하다.

사진 촬영을 마친 어느 날, 나는 또 한 번 취해버린 언니를 심문했다. 이번엔 회와 라면으로 하루 긴장을 충분히 이완시키고, 달달한 소주로 기분 좋게 끌어올리고, 아주 만족스러웠던 촬영에 대한 이야기로 공감대를 형성시킨 뒤 잔을 부딪혔다. 아주 적절한 타이밍에 준비한 대사를 내뱉었다.

"언니, 혹시 이번에 산 장비들, 일시불이야?"

이 질문이 누군가에겐 오지랖일 수도, 불필요할 수도, 어쩌면 기분이 나쁠 수도 있지만 이번 사진전을 기획한 사람으로서, 먼저 언니에게도 제안한 사람으로서 물어볼 수밖에 없었다. 한정적인 비용 안에서 구매 가능한 몇몇 장비들은 내가 장만했지만, 이외의 장비들은 전부 언니가 구매해 작업을 이어나가는 중이었기 때문이다. 즉, 사진전을 위해 아주 최소한으로 필요한 카메라 바디와 렌즈 하나 외엔 언니가 모든 비용을 부담했다. 미안한 마음과 걱정스러운 마음이 동시에 들었다.

이번에도 예상이 맞았다. 언니는 일부는 일시불, 나머지는 카드 할부로 장비들을 구입했다. 이 사실을 알고 난 뒤 언니가 새롭게 사겠다고 하는 것들은 모조리 반대했지만 역부족이었다. 자꾸만 장비를 사려는 언니에게 "사진을 시작하는 사람들에게 흔히 생긴다는 '장비병'일 수도 있다"며 진지하게 말려보기도 했지만, 그녀는 대수롭지 않게 넘어갔다. 내 입장에선 신용을 담보로 불필요한 장비들을 장만하는 것이 이

해가 되지 않았다. 언니만의 집착처럼 보이기도 했다. 처음 사진전을 준비하고 촬영하는 우리들에게 이 어마어마한 장비들은 다소 과하다는 생각도 들었다.

이 모든 걱정과는 별개로, 사진전은 다행히 성공적이었다. 언니에게 "이전엔 언니가 나 데뷔시켰다면 이번엔 내가 언니 작가 데뷔시킨 거야. 잊지 마"라고 농담하며 흐뭇한 마음으로 전시를 운영했다. 전시장에 걸린 사진들을 하나하나 천천히 보고 있다 보면, 사진작가인 언니가 마냥 대단해 보였고, 장비들이 일시불이든 할부든 중요하지 않게 됐다. 더불어 언니를 향한 내 막연한 걱정이 부끄러워졌고, 오지랖을 부린 것에 미안해졌다. 오픈 날 뒤풀이 자리에서 언니에게 사과를 하며, 계획적인 심문이 아닌 마음에서 우러나온 즉흥적인 질문을 했다.

"언니에게 장비란 뭐야?"

언니의 대답은 이번에도 짧고 강렬했다.

"나. 장비는 나야.'"

그래, 토니 스타크가 최신식 장비를 두고 구식 장비를 쓰진 않겠지. 그도 장비 없인 세상을 구할 수 없겠지. 아이언맨처럼 악당들과 맞싸워 세상을 구하는 일은 아닐지라도, 언니의 멋진 사진들로 단 1명에게 깊은 감동을 주는 일이라면 이 또한 세상을 구하는 일이 아닐까. (비록 그것이 카드값을 조금 늘리더라도 말이다.)

매일매일 성실히
일할 수 있는 원동력

그동안 재정 관리를 다른 또래들에 비해 비교적 잘하고 있다고 믿었다. 모든 수입을 잘 인지하고 있고, 생활비가 예산을 벗어나는 일이 거의 없었고, 빚은 있지만 통제 가능했다. 적금도 들고, 여행을 가고 싶으면 언제든 갈 수 있을 정도의 여유도 있으니 훌륭하진 않지만 나름 잘 관리하고 있다고 생각했다. H를 보기 전까진.

작년에 아주 조금 수입을 더 만들고자 H가 사장인 커피집에 문을 두드렸다. 이곳은 집에서 정확히 도보 7분 거리인 포장 전문 업체다. 그래서 손님을 응대할 필요도 없으니 편안한 차림으로 똑 부러지게 커피를 내리고 포장만 할 줄 알면 된다고 생각했다. 밤 10시부터 새벽 2시 반까지 일해야 했지만 그 시간에 졸지 않고 열심히 하면 꽤 괜찮은 아르바이트 자리였다. 이번에도 패기 있게 면접을 보고 합격했다.

일을 시작하고 보니, 내 예상과는 전혀 다른 그림이 펼쳐졌다. 이 커피집은 하필이면 배달 어플에서 송파구 맛집 1위를 랭킹하고 있는 업체였다. 다시 말해 새벽 송파구 주민들에게 핫플레이스 중 탑 핫플레이스였던 것이다. 일하는 4시간 동안 앉을 틈도 없이 주문을 받았다. 나중엔 "배달의 민족 주문!"이 환청처럼 들릴 정도였다. 아르바이트 경력상 최고로 바쁜 곳이 포장 전문 업체일 줄은 꿈에도 몰랐다. 코로나 타격을 제대로 빗겨간 사업장 한가운데에서 수도 없이 밀려오는 주문을 받았다.

커피집 바로 옆엔 사장님의 남편이 운영하는 고깃집이 있었다. 그곳 역시 송파구 고기 분야에서 1위를 찍으며 레전드 명성을 이어가고 있었다. 업장 하나 성공시키는 것도 힘든데 한 곳에서 부부가 고기와 커피를 포장하며 매달 매출 6천만 원을 찍었다. 퇴근하기 전 포스를 마감하면서 보이는 숫자에 놀라는 동시에, 한편으론 당연하다 싶었다.

사장님 부부는 내가 본 사람들 중에서 누구보다 부지런했고 일도 잘했다. 밀려오는 주문에 예민해질 법도 한데 늘 평정심을 유지하고 (가끔은 로봇인가 싶을 정도로) 일을 했다. 걸레 하나를 개도 각을 딱 맞춰 갰고, 100번 넘게 만들어야 하는 속재료도 전부 정확히 개량을 해서 만들어놓고, 아무리 피곤하고 늦게 끝나도 마감 청소를 거르지 않았으며, 아르바이트생 입장에서 말하기 불편한 사항들까지 언제나 먼저 나서서 살뜰히 살폈다. 그곳에서 1년가량 일했는데 1년 내내 성실히 모든 것을 지키며 일하는 모습을 엿봤다. 피곤하니 적당히 지나칠 법한 그런 상황들까지 더더욱 지나치지 않고 챙겼다. 그런 성품을 갖기 어려운데 심지어 부부가 모두 그러하니 그들의 성공은 감히 우연이라고 볼 수 없을 것 같다. 그들을 보며 '잘될 수밖에 없는 사람은 바로 이런 사람이구나'를 깨달았다.

'이 정도 했으면 됐지.'

'적당히 할 줄 아는 것이 미덕이랬어. 이만큼 재정 관리한 것도 대단한 거야.'

뭐든지 '적당히'에 집착했던 내 모습을 되돌아봤다. H를 보면서 이런 내 생각이 와장창 깨졌다. 적당히 해선 내가 원하는 것을 이루기 어렵다고, 적당히만 하면 적당한 결과만 나온다고. 이들 부부처럼 매일매일 성실히, 어떻게 보면 과할 정도로 제대로 하는 것에 집착하는 일도 나쁘지 않다는 것을 몸소 경험했다. 몇 시간을 로봇처럼 일해도 쓰러지진 않더라.

나는 아르바이트를 그만두기로 한 마지막 회식 날, 그동안 궁금했던 것을 물었다.

"사장님의 원동력은 뭐예요?"

"저는 돈에 미친듯이 집착해요."

"혹시 그럼 나이가 어떻게 되세요?"

"동갑이에요, 수민 씨."

"네?"

부족함 없이 살게 해준
엄마의 사랑

A 언니는 주변 사람들에, N 언니는 장비들에, 그리고 H는 사업에, 모두가 각자에게 중요하거나 집착하는 곳에 돈이 따라갔다. 나도 예전엔 불안을 달래주는 것들에, 그리고 최근엔 내 작업물들에 돈을 썼다. 이처럼 우리는 자신이 믿는 가치관과 마음이 가는 것들에 서슴없이 돈을 내어준다. 지인 중엔 아무리 돈이 없어도 기부 단체에 빠져나가는 돈 몇만 원은 항상 따로 마련해놓는 사람이 있다. 또 어떤 지인은 미래를 더 중요하게 생각해 여유가 있어도 대중교통비까지 아껴가며 미니멀하게 살고 있다. 그리고 여기, 상황이 좋든 나쁘든 30년 동안 오로지 사랑하는 한 곳에 모든 것을 쏟아붓는 한 여사님이 있다. 우리 엄마다.

김 여사님은 대학 졸업 후 바로 결혼했다. 그리고 25살에 나를 낳았다. 아빠의 갑작스러운 유학 결정에, 엄마는 언어가 전혀 통하지 않는 낯선 미국 땅에서 딸 하나, 아들 하나를 낳고 육아까지 혼자서 전부 해낸 원더우먼이자 여왕님이다. 나중에서야 아빠가 안정적인 직장을 구했는데, 처음엔 두 분이서 여기저기서 일을 하며 돈을 벌었다고 했다. 아빠는 저녁에 대학원에서 일을 마치면 밤에 아르바이트를 했고, 엄마는 나를 돌보면서 할 수 있는 데이케어 일을 했다. 나는 겨우 내 몸 하나 건사하는 일도 벅차다며 투덜대는데, 이 글을 쓰며 다시금 숙연해진다.

엄마는 나를 공주로 키우려고 힘썼다. 나는 집안에서 단 한 번도 청소와 설거지를 해본 적이 없다. 조금이라도 일을 도우려고 하면, "너는 안 하는 게 나아. 네가 하면 엄마가 일 2번 해야 돼. 내가 언제 너 이런거 시켰어?"라며 강력하게 말리곤 했다. 사실 그때마다 엄마를 도와주려는 딸의 마음을 무시하는 기분이 들어 내심 서운했었다. 나중에 엄마에게 물어보니 "시간 지나면 평생할지도 모르는데, 내 딸이 집안에서 일하는 것이 싫어"라고 답해줬다. 그 말을 듣곤 청소 대신 안마를 더 해주는 쪽으로 예쁨받는 전략을 바꿨다.

애지중지하는 것을 넘어서, 자라면서도 부족함을 딱히 느낀 적이 없다. 누군가에겐 적을 수도, 또는 많을 수도 있는 액수지만 나는 과분한 지원을 받았고 지금도 받고 있다. 어렸을 때 매장 바닥에 드러누워 떼를 쓰며 사 달라고 했던 적이 있긴 하다. 엄마 기를 항상 이기지 못하고 훌쩍이며 집에 들어갔던 날들이 어렴풋이 기억난다. 그렇지만 그렇게 집에 돌아가도 씩씩하게 이미 쌓여 있던 바비 인형들과 장난감들로 슬픔을 잊고 엄마와 재미있게 놀았다. 일등석을 타고 남아메리카로 여행간 적은 없지만 초등학교 때 가족끼리 1개월 넘게 차로 돌아다닌 미국 횡단 여행은 아직도 내 기억 보물 상자에 고이 담겨 있는 값진 추억이다. 엄마와 손잡고 다닌 쇼핑도 물론 좋았지만, 그보다도 영화관을 너무 좋아하던 나와 함께 하루에 영화 4편, 많겐 6편을 본 것이 훨씬 더 즐거웠다. 성인이 돼선 연기를 반대하던 아빠 몰래 연기 학원비를 보내주기도 했다.

매일 하는 통화에 엄마는 "밥은?", "문단속은?", 그리고 마지막엔 "돈은?"이라고 꼭 묻는다. 어릴 땐 이 반복되는 질문들에 짜증을 내기도 했다. 사랑하는 엄마지만 휘청이던 내 일상을 솔직하게 털어놓을 순 없었기에 이 모든 질문들에 거짓말을 할 수밖에 없는 상황이 싫었다. 밥은 굶거나 폭식할 때가 많았고, 문단속은 할 것도 없이 1주일 내내 수업에 빠지고 집에만 있었다. 혼자 술을 마시고 담배만 피웠다. 돈은 한 번에 다 쓸 때가 많았지만 엄마에게 돈을 다 썼으니 달라고 할 순 없었다. 이 답답한 마음을 응집해 최대한 포장된 목소리로 "응, 내가 알아서 잘할게"로 엄마의 질문들을 회피했다. 여왕님이 키운 공주가 잠시 드레스를 벗고 매일 밤 방황하고 있다는 것을 들키고 싶지 않았다. 그러거나 말거나, 짜증을 내고 성의 없이 답변을 해도 엄마는 하루도 빠짐없이 똑같이 물어봤다. 이 기회를 빌려 터놓고 엄마에게 답해본다.

엄마, 내가 예전엔 섭식장애가 있어서 조금 고생했어. 그래도 요즘은 엄마가 보내주는 밥으로 직접 해먹어. 너무 과할 정도로 잘 챙겨먹는 중이야. 밤마다 술과 담배에 많이 의지했지만 술은 먹고 싶을 때만 마시고 담배는 끊었어. 음, 술은 좀 자주 마시는 편인가? 어쨌든 하루 일과를 열심히 보내고 들어오는 날들이 정말 많아. 문단속은, 매번 말하지만 신축 건물에 이중 자동 잠금장치로 돼 있어서 자동으로 잠겨. 엄마가 물어볼 때마다 한 번 더 확인하니까 걱정 마. 그리고 돈은, 엄마가 가르쳐준 대로 얽매이지 않고 잘 쓰고 있어. 엄마, 그러니 앞으론 나와 동생보단 엄마 삶을 더 바랐으면 해. 그동안 하지 못했던 일 전부 하면서 살았으면 좋겠어. 내가 정말 많이 사랑해.

part 5
관계

가끔 혼자보단 둘이,
종종 둘보단 혼자

이별이 쉬웠던
이유에 대해서

"수민 씨, 격리 끝난 뒤부턴 안 나오셔도 돼요. 몸도 안 좋은데 안 좋은 소식 전해서 미안해요."

최근 3개월 정도 아르바이트를 했던 맥주 창고에서 잘렸다. 정확하겐 가게가 다른 사람에게 인수돼 더 이상 아르바이트생이 필요 없다고 했다. 통화를 마치고 가슴이 쿵 내려앉았고 잠깐 동안 아무것도 손에 잡히지 않았다. 갑작스러운 소식을 받아들이기 위해선 시간이 필요했다. 평일에 일이 없는 것이 오랜만이어서 앞으로의 시간을 어떻게 보내야 할지 머리가 복잡했다. 다른 아르바이트를 빨리 알아봐야 하나? 아님 간만에 쉴까? 그럼 내 계획은? 갑자기 내게 왜 이런 시련이? 당황스럽기만 했다. 아르바이트 자리를 잘려서 그만두게 된 적이, 그것도 갑자기 그렇게 된 것이 이번이 처음이었기 때문이다.

작품이 없을 때 여건이 맞으면 아르바이트를 해왔다. 카페, 랠리몽키, 초밥집, 한식집, 영어 과외, 빵집 카운터, 야간 포장 아르바이트 등 내가 주로 일했던 곳들은 시간 제약이 덜하거나 대타 시스템이 잘 구축돼 있는 곳이었다. 오디션이 갑자기 잡히거나, 촬영이 전날 잡히는 경우가 비일비재했기 때문이다. 물론 업주 입장에선 매번 전날 나오지 못한다고 이야기하는 아르바이트생을 반기지 않을 것이라는 것을 알았기에 애초에 아르바이트 구하는 것 자체도 망설일 때가 많았다. 마음먹고 구하게 되더라도 조건을 충족시키는 곳을 찾기가 여간 쉽지 않았다. 이런 고된 과정 끝에 어렵게 구한 아르바이트 자리는 책임감과 애정을 가지고 최선을 다해 지키며 일했다.

지금까지 아르바이트를 그만둔 이유는 2가지 경우밖에 없었다. 작품에 들어가거나, 멀리 이사를 가야 하거나. 인생 처음 받아본 이번 해고 통보는 머리론 이해했지만, 어쩐지 자꾸만 차인 듯한 기분이 들었다.

'뭐, 그래 알겠어. 앞으로 못 만난 친구들 다 만나면 되고, 그동안 내 시간이랄 것이 없었으니 하고 싶었던 거 다 하면서 보낼 거야. 평일 아르바이트 너 하나 없다고 내 인생 달라지지 않아. 좋아졌으면 좋아졌지. 보여줄게, 내가 얼마나 더 잘 사는지! 내가 그곳 서랍 하나하나 우리 집에서 가져온 유기농 물티슈로 다 닦아주고, 6시간에 걸쳐 재고 관리까지 해줬는데. 비록 현금 과부족이 자주 뜨고, 맥주 캔도 제법 많이 떨어뜨렸지만. 종류만 100종이 넘는 맥주에 이름표 하나하나 새로 붙여준 것만은, 그것만은 잊지 말아주길 바라. 내 물건들은 격리 풀리면 챙기러 올게. 그럼 이만.'

차이면 정말 이런 기분일까? 이런 일련의 생각들이 끝없이 이어지나? 연애 경험은 여럿 있지만 차인 적은 한 번도 없다. (술 마시고 홧김에 내가 먼저 헤어지자 하고 다음 날 바로 붙잡았는데 거절당한 적은 있다.) 연애도 아르바이트처럼 항상 내 쪽에서 먼저 관계를 정리했다. 지난 관계들을 되돌아보면 그다지 건강하고 건설적인 관계들은 아니었던 것 같다. 차인 적이 없는 것이 무슨 자랑도 아니고, 오히려 부끄러운 일이라는 생각이 든다. 그만큼 이별에 대한 두려움이 컸다는 방증일 수 있다.

관계들을 두고 건강하고 건설적이지 않다고 한 이유는, 서로에게 정신적으로 해로운 말과 행동들을 주고받는 경우가 잦았고, 인생에 긍정적인 영향을 주는 관계가 아니었기 때문이다. 내가 만난 모든 사람과의 관계가 그랬던 것은 아니다. 풍요로운 감정들을 나누고 서로의 인생을 긍정적인 방향으로 이끌어준 사람들도 있었지만, 대부분은 그렇지 않았다. 나는 그 '대부분'에 초점을 맞춰 이야기하겠다.

내 인생 첫 이별은 환승 이별이었다. (이쯤에서 나를 향한 분노를 느끼고 책을 덮어도 이해한다.) 그 친구에게 다른 남자를 만나고 싶다며 솔직하게 털어놨고, 상당히 긴 시간 동안 그 친구가 아닌 그 친구의 친구들로부터 욕 섞인 연락을 받았다. 받아 마땅한 욕을 먹고 환승한 두 번째 남자는 몇 개월 만나다가 친구의 목격으로 바람피운 것을 알게 됐고, 나도 같이 피웠다. 이번에도 솔직히 말했고, 유학생이던 그분과는 쿨하게 친구로 남자며 헤어졌다. 세 번째 남자는 당시 한참 즐기던 이태원 클럽에서 만났다. 취향이 비슷해 오래 만나고 싶었으나 그는 내 혼술 취향만은 이해하지 못했다. 술을 끊으라고 해서 이별을 고했다.

그 이후에 만난 남자는 촬영하다 가까워졌다. 당시 가장 길었던 기간, 8개월을 만났다. 그러다 그는 늦은 나이에 나라의 부름을 받고 국방의 의무를 위해 떠났다. 나는 3주 정도 열정적으로 편지를 쓰다가 이별 편지를 마지막으로 끝을 냈다. 몇 주 뒤 그는 힘들게 얻은 포상 전화로 이렇게 말했다.

"너는 내가 아니라 그냥 옆에 남자가 필요했던 거였네."

슬픔보단 분노가 섞인 대사였던 것으로 기억한다. 그 후로 몇 번 더 전화가 왔지만 마지막 통화에서 "새로운 남자가 생겼으니 이제 그만 전화했으면 좋겠다"고 전했다. 그 새로운 남자를 만나고 얼마 안 돼서 드라마 〈경우의 수〉에 들어가게 됐다. 여러 경우의 수를 둘 것도 없이 작품에 집중하고 싶다는 이유로 뒤도 돌아보지 않고 이별을 택했다. 나와 헤어지면서 "너는 그럴 거면 연애하지 말고 개를 키워!"라고 말했다. 정말 신박한 대사여서 아직까지도 잊을 수가 없다.

그렇다. 나는 그 사람들이 필요했던 것이 아니었다. 차라리 그럴 거면 다른 취미 활동을 갖는 것이 더 나았을 지도 모른다. 내게 있어 연애는 역할극과 비슷한 개념이었지, 그 이상도 그 이하도 아니었다. 연애를 하면서 사랑의 감정으로 발전되는 경우는 극히 드

물었다. "사랑해"라는 말이 항상 억지스럽고 거짓처럼 느껴져 최대한 말하기를 피했다. 상대방에게서가 아니라 연애 자체에서 느낄 수 있는 일시적인 감정들을 더 갈망했고 집착했다. 고해성사를 하자면, 단순히 외로워서 만난 경험도 많다. 그러니 연애 기간은 거의 대부분 짧고, 이별은 내게 세상에서 가장 쉬운 일일 수밖에 없었다. 지나간 인연들을 생각하면 오래 전 친구를 그리워하는 감정은 분명 존재하지만 그 어떤 미련도 없다.

오은영 박사님이 이별 후 생기는 '미련'이라는 감정에 대해 설명해준 적이 있다. 미련이 생기는 이유는 헤어지는 방식이 본인의 방식이 아니어서 힘든 것이라 했다. 본인의 방식이 아니면 마음속에서 사람에 대한 집착이 생기는 것이다. 나는 그와 정반대로 미련이라는 감정은 절대 코빼기도 보일 수 없게, 모든 관계의 시나리오의 엔딩을 직접 써내려갔다. 내 뜻대로 관계를 시작하고 끝맺음까지 지어야 한다는 강박이 있었다.

아주 최근까지도 남녀 사이 말고도, 사람들과의

관계에서 반드시 찾아오는 불편한 감정들을 피하기 위해 혼자서 시나리오를 쓰기 바빴다. 상대의 눈을 보고 이야기에 귀 기울이기보단, 내가 원하는 것만 보고 들으려고 했다. 그들의 마음을 살피지 않고, 내 시나리오와 맞지 않으면 빠르게 결론을 맺고 새로운 스토리를 찾아 나섰다. 그리고 이 여정은 나를 더 외롭고 고립되게 만드는 행위임을 모른 채 아주 오래 지속됐다. 특히 연애에 있어서 그동안 내가 상당히 자유롭고 주체적인 연애관을 가지고 있다고 단단히 착각하고 있었다. 이기적이고 어리석은 내 모습에 대한 깊은 반성의 시간도 당연 없었다.

이별이 주는 상실감, 슬픔, 서운함, 분노, 미련 등은 사실 오래 전부터 잘 아는 감정들이다. 자주 겪었다 해도 친숙하진 않다. 그림자만 보여도 온몸이 마비되는 것처럼 여전히 두렵다. 뜻하지 않게 잘린 아르바이트를 생각하면서도 이런 글을 써내려가는데, 하물며 사랑하는 사람과의 원치 않은 이별은 어떻겠는가. 일기장 한 권을 채웠고 숱한 그림들을 탄생시켰다. 꼭 남녀 사이가 아니라도 사랑을 거부당한 적이 있고, 느끼고 싶지 않은 감정들은 최대한 피해왔다. 아니, 애초에 피할 수 없는 감정임을 알지 못하고 쳇바퀴 안에서 열심히 도망쳐왔다.

감사하게도 가장 최근에 만난 인연과의 경험으로 지난 인연들, 그리고 내 실수들을 용기 내어 돌이켜볼 수 있었다. "사랑해"라는 말을 억지스럽지도 부담스럽지도 않게, 최대한 진실되게 말할 수 있게 되면서 비로소 펜을 내려놓았다. 인생에서 만나는 사람들과 상황들에 미리 시나리오를 쓰는 일을 그만두게 됐다는 의미다. 내 생각이 틀릴 수 있고, 기대에 부응되지 않을 수 있고, 원치 않은 상황이 있을 수 있으니까.

무엇보다 나는 관계를 이어나가고 싶지만 상대방은 싫을 수 있다는 사실을 항상 되새기려 노력한다. 그 누구도 이별이 익숙해지긴 어렵겠지만, 내가 노력해서 바꿀 수 없는 일들이 있다는 것만 잊지 않는다면 조금은 낫지 않을까? 이별 또한 바람처럼 흘려보내는 법을 터득할 수 있지 않을까? 미련을 두려워하지 않는 대신, 마음을 열고 시련을 받아들이는 법을 배울 수 있지 않을까?

뜻대로 되지 않는다고, 불편한 감정들이 찾아온다고 해도 그것들은 잠시 머물 뿐 곧 지나간다. 내 감정도 물론 중요하지만 내 감정이 이 세상의 전부가 아님을 잊지 말자. 곁에 있는 사람이 나와 똑같은 마음이 아닐 수 있고, 그렇다 하더라도 괜찮다. 그 사람이 떠나더라도 소중한 사람들은 항상 내 곁에 있다. 모두가 표현 방법이 다르기에 오늘 사랑한다고 크게 외친 사람이 내일 당장 떠날 수도 있고, 묵묵히 자리를 지킨 사람이 어느 순간에 사랑한다 속삭일 수도 있다. 언제나 받아들이고 싶지 않은 일들이 예상치 못할 때 닥치지만 그것이 절대로 끝이 아니다. 한 챕터가 끝내면 새로운 챕터가 시작된다.

가벼운 만남들이
지나간 자리에

쉬운 이별들이 있기 전에 가벼운 만남들이 있었다. 여기서 가벼운 만남은 가벼운 목적 딱 하나만 가지고 만나는 것을 말한다. 그 가벼운 목적은 바로 '외로움'이다.

단순히 혼자 있는 것이 싫거나, 혼자서 아무것도 못해서도 아니다. 지금도 그때도 혼자 있는 것을 좋아하지만, '외로움'이라는 감정을 '사람이면 당연히 느낄 수 있는 감정'이라고 여기지 못하고 어떻게든 지워내야만 한다고 생각했던 때였다. 누군가는 그 고통의 시간을 혼자서 인내하거나 취미 생활로 잊으려 노력한다면, 나는 타인을 통해 벗어나고 싶어 했다. 겨우 벗어나면 다시 동굴 속으로 들어갔다. 사람들을 만나면 불쾌한 감정들이 일시적으로 해소됐고, 혼자 있을 때와는 달리 시간도 빠르게 흐르는 것 같았다. 외로움이 풍기는 공허한 공기도 그 순간만큼은 타인의 체온으로 따뜻하게 채워지는 기분이 들었다.

그저 방황하는 발걸음들을 따라, 이 자리 저 자리에 몸만 앉아 있었다. 21살엔 폭식하고 싶지 않아서, 22살엔 혼자 담배를 피우기 위해 밤마다 몇 시간씩 산책을 했다. 23살엔 밤에 혼자 있는 것이 버거워지기 시작했다. 정처 없이 걷는 산책도, 담배도, 혼술도 흘러넘치는 외로움을 달래주지 못했다. 갈 곳도 없으면서 대낮부터 정성스럽게 화장하고 휴대폰만 쳐다보는 날들이 점점 늘어났다. '제발 1명만 연락왔으면' 하고 바랐다. 간절히. 그것이 누구든 상관없었다. 빛이 잘 들지 않는 이 4평 원룸에서만 나오면 그것으로 충분했다. 나 혼자만 아니면 됐다.

그러나 인생은 뜻대로 되지 않은 법. 연락을 한참 기다리다 결국 화장을 지우고 혼자 술을 마셨다. 그러다 휴대폰을 들어 전화 상대를 찾았다. 그런 날들이 반복될수록 가볍게 만날 수 있는 상대를 찾는 일에 더 집착하기 시작했다.

'오늘은 기필코, 신경 써서 그린 아이라인을 누군가에게 보여줄 거야.'

'밖에 일단 나가면 1명쯤은 마주칠 수도 있지 않을까?'

'집으로 돌아오는 한이 있더라도 일단 나가보자.'

'랠리몽키에 가서 혼자 앉아라도 있어볼까? 거기는 적어도 친구들이랑 사장님이 있으니 혼자는 아니

잖아.'

'J는 오늘 뭐하지, 연락이라도 해볼까?'

이런 노력들이 먹힐 때도 있었지만 확률은 거의 희박했다. 대부분은 다시 방으로 돌아왔다.

20대 초반엔 누군가와 억지스럽게 만나려고 애썼다면, 20대 중반으로 넘어가면서는 만남들이 비교적 자연스러워졌다. 일하면서 사람들과 친분을 쌓았고, 동네도 익숙해지면서 동네 친구들도 자연히 생겼고, 연애도 하면서 사람들과 만나는 것이 미션이었던 과거에서 조금씩 벗어나게 됐다. 아이라인 길이도 점차 줄어들고, 파운데이션 두께도 얇아지고, 어울리지 않던 진한 빨간색의 립스틱은 다 갖다 버렸다. 진한 화장이 아니라, 사람들 앞에서 더 자신 있게 나를 내세울 수 있는 법을 터득했다. 사람들은 자신감 있어 보이는 나를 고맙게도 반겨줬다. 사람들과 만나며 얻은 기술들을 통해 매일매일 더 많은 사람들을 만났다. 20대 후반까지도 그랬다. 성별도 나이도 장벽이 되지 않았다.

마음 한편엔 이 만남들을 두고 "즐겼다"라고 당당

히 말하고 싶은 자아가 존재한다. "원해서 만난 것이 아니라면 도대체 왜 가볍게 만났던 건데? 그리고 조금은 즐겁지 않았어?" 하지만 이 모든 질문들에 고개를 들지 못하는 자아가 더 크다. 결코 즐겁지만은 않았으므로. 이런 만남들을 두고 감정을 철저히 배제한 '가졌다'가 적당한 표현이겠다.

가벼운 만남을 '가질' 때, 상대방이 어떤 사람인지, 어떤 일을 하는지, 무엇을 좋아하는지, 그에 대해 대화를 나눠도 나는 대체로 듣지 않았다. 그래서 무슨 대화를 했는지, 어떻게 해서 만나게 됐는지, 심지어는 뒤돌아서면 이름조차 기억나지 않는 사람들도 여럿 있다. 지금도 그들의 이름을 아무리 떠올려보려 해도 기억나지 않는다. 얼굴도 잘 떠오르지 않는다. 길거리에서 누군가 "수민아"라고 불러서 당황한 적도 있다.

당시엔 오로지 어떻게 하면 나를 바라볼 수 있을지, 무슨 대화를 해야 관심을 끄는지, 상대방의 숨은 시그널들을 파악하고 내 예측이 얼마나 맞는지에만 집중했다. 순간적인 관심을 받는 것이 더 좋아지면서, 어느새 가벼운 만남은 외로움이라는 목적보단 일종의 관성의 법칙과 같아졌다.

불행 중 다행은 가벼움도 오래 쌓이다 보니 묵직한 무언가가 남았다는 것이다. 어느 순간부턴 이러면 안 되겠다는 생각이 강하게 들었다. 외로움과 관심 받고 싶어 하는 마음을 대처하는 내 방식에 문제가 있음을 깨달았다. 영혼 없이 앉아 있던 수많은 시간들은 내 시간을 헛되게 만든 것은 물론이고, 상대방의 시간도 존중해주지 못했다. 철없고 이기적이고 가벼운 내 의도가 누군가의 소중하고 진지한 마음을 무시한 것일지도 모른다는 생각에 지금도 부끄러워 고개를 들지 못하겠다.

가벼운 이별과 만남을 멈추기 위해 필요한 행동은 마음을 가지고 저울질을 하지 않는 것이다. 관계에 서로 다른 무게를 두지 말아야 한다는 사실을 수많은 관계에 무게를 저울질하면서 비로소 깨달았다. 그리하여 인생을 재정비해야겠다는 다짐으로 기나긴 솔로 기간을 갖기로 했다.

혼자 지내면서
알게 된 것들

어떤 새로운 인연이 다가와도 거리를 뒀다. 친구들과의 만남도 최소화하고, 말 그대로 나 혼자 보내는 시간을 최대한으로 늘렸다. 우리가 흔히 말하는 '연인이 없는 상태'인 솔로 기간 중 가장 길었던 기간은 3개월 정도였다. 항상 관계에서 먼저 달아났지만 누구보다 먼저 적극적으로 나서서 다양한 사람들을 찾아다녔던 내가 이번엔 작정하고 1년 정도 솔로 기간을 가졌다. 오로지 나를 위한 시간이었다. 연기 연습에 더욱 전념하고, 다양한 취미들을 접하고, 스스로 되돌아보고, 앞으로의 인생을 계획했다. 이 1년은 내게 정말 많은 변화를 안겨다줬다. 소속사에 들어가고 첫 드라마 데뷔까지, 관계에 집착하지 않으니 비로소 주체적이고 스스로 만족스러운 모습으로 성장할 수 있었던 해였다.

　자발적으로 혼자 있는 시간을 갖다 보면 머릿속을 시끄럽게 하던 생각과 고민들이 어느새 잠잠해지고 음소거가 됐다. 물론 사람마다 차이가 있겠지만, 내겐 큰 도움이 되리라는 확신은 있었다. 왜냐하면 어렸을 때부터 솔로와는 결이 조금 다른, 아웃사이더(이하

'아싸'로 통일)의 길을 오래 걸어왔기 때문이다.

자의든 타의든, 학교 시절 아싸로 지냈다. 첫 아싸 경험은 초등학교 6학년 때다. 미국 오하이주에서 태어나 캘리포니아에서 7년, 일리노이에서 4년을 살았다. 2005년 여름, 아빠의 이직으로 인해 한국으로 이민을 해야 했다. 나라별로 입학 시기가 달라서 초등학교를 한 학기 더 다닐지 말지 선택을 해야 했고, 부모님은 내게 선택권을 넘겨줬다. 나는 12살 인생 통틀어 가장 심도 깊은 고민 끝에 다른 나라에 적응할 시간이 필요하다는 이유로 초등학교 6학년으로 새 학교에 전학을 가게 됐다.

전학 날, 당시 가장 좋아했던 곤색 라코스테 원피스를 입고 하늘색 꽃무늬 핀을 꽂았다. 떨리고 설레는 마음으로 낯선 선생님과 함께 중앙계단을 올라가 긴 복도를 걸었다. 6학년 7반에 들어가기까지의 기억이 생생하다. 미국보다 한국 아이들이 전학생에 대한 관심이 더 크다는 것을 그때 알았다. 한국말보다 영어가 훨씬 편했던 낯선 전학생은 여기저기 쑥스러운 "Hi"를 남발했고, 한동안 쉬는 시간마다 친구들의 관심 속에서 여러 질문을 받았다.

　다행히 친구들은 나와 친해지고 싶어 했고, 한국 말에 서툰 나 역시 그들의 친절에 고마움과 낯선 곳에서의 안도감을 느꼈다. 새로 사귄 친구 몇몇과 문구점도 함께 가고 슬러시도 먹었다. 그러나 생각보다 언어와 문화 차이는 컸고, 하나둘 이해가 되지 않는 모습들과 마주했다. 더 이상 대화로 해결할 수 없는 상황에 이르게 됐다.

　예를 들어, 여자 친구들은 다 같이 팔짱을 끼고 화장실에 갔다. 그렇지 않으면 왕따를 시켰다. 사람에게 도시락통과 신발 가방을 아무렇지 않게 집어던졌고, 선생님의 시선이 닿지 않는 자리에서 욕을 주고받는 일 또한 너무나 자연스러웠다. 이 모든 행동들이 어린 친구들의 장난이며 다들 그러면서 컸다고 말하는 사람도 있겠지만, 어린 나로선 충격적이었다. 내가 다니던 미국 학교에선 선생님 앞에서 욕을 하면 바로 교장실로 불려갔고 1주일 동안 학교에 나오지 못했다. 나도 초등학교 4학년 때 친구한테 "너 못생겼어!"라고 말했다가 정말 많이 혼이 났다.

무튼, 수업 시간엔 모두 착한 어린이였지만 종이 울리고 선생님이 교실 밖을 나서는 순간 몇몇 아이들은 여자아이들의 머리 끈을 풀고 밀치는 등 하지 말라는 데도 괴롭히고 욕을 하고 놀았다. 나는 치마를 들치는 행위인 '아이스께기'를 당하는 것도, 엄마가 정성스럽게 묶어준 머리가 망가지는 것도, 아끼는 필통을 누군가 아무렇지 않게 만지는 것도 싫었다. 무엇보다 싫다고 말했는데 "뭐야, 너 재미없어"라는 말을 들었을 때의 충격이란 말로 다할 수 없다. 이런 일들이 반복해 일어나면서 나는 점점 말수가 줄어들었고 친구들이 다가와도 마음을 열지 않았다. 자연스레 그들도 나를 '원래 그런 애'로 보고 다가오지 않았고, 덕분에 교실 뒤 책상에서 조용히 나만의 동화 속에서 평화롭게 있을 수 있었다.

관계에 어려움을 느끼고 서서히 자발적 아싸의 길을 선택했지만, 중학교에 들어서부턴 상황이 조금 달라졌다. 어색했던 한국 발음을 교정했고, 원더걸스 춤을 따라 추고 싶어졌고, 이성 앞에서 부끄러움이라는 것이 생겼고, 조용하고 평화로운 동화 속보다 평범한 친구들의 무리에 어울리고 싶었다. 그래서 때때로 어색한 욕도 해보고, 뒷담이라는 것도 참여해보고, 친구들이 나오라고 하면 나갔다. 가고 싶지 않은 곳에 가서 좋아하지 않는 놀이에 전부 동참했다. 그러나 이런 내 노력에도 그 당시 돌아가며 왕따를 시키는 유행이 돌았고, 불행히도 나에게도 왕따의 시기가 찾아왔다. 그때의 경험으로 나와 어울리지 않는 친구들과 좋은 관계를 위해 노력할 필요는 없다는 것을 배웠다. 그리고 좋은 관계가 아니라면 혼자만의 고요함이 훨씬 행복하다는 것도.

　이후론 어느 무리든 애써 어울리려고 하지 않았다. 친구들의 시선이 가장 의식된다는 고등학교 때도 나는 나와 비슷한 생각을 가진 친구들과 세상 편하고 재미있게 학교를 다녔다. 다른 친구 뒷담화를 하기보단 어떻게 하면 선생님 몰래 포트기로 라면을 끓일 수 있을지 더 고민했다. 대학교 땐 OT부터 참석하지 않았다. 그보단 연극 동아리 사람들과 이미 100번도 넘게 한 연기 이야기를 하는 것이 더욱 즐거웠다. 당시 12학번 경영학과 인원이 300명 이상이었는데, 그중이지민 언니밖에 모른다. 사회에 나와선 초등학생들처럼 대놓고 남의 실내화를 던지는 사람을 만나진 못했지만 더 성숙하고 노련하게 왕따를 시키고 선을 넘는 장면을 자주 목격했다. 나도 모르게 그 무리에 녹아들지 않으려면 한 발 떨어지는 것이 도움이 됐다.

그 누구도 싫다는데 머리 끈을 풀거나 치마를 들춰선 안 된다. 밀쳐도, 발로 차서도, 물건을 던져서도, 책상을 넘어뜨려서도 안 된다. 비하를 하거나 소리를 질러서도 안 된다. 거짓된 소문을 만들거나 다르다는 이유로 놀려서도 안 된다. 이 모든 것이 당연한 상식인데 그것을 모르고 자라면 실례를 범하는 어른이 된다. (물론 모두가 그렇다는 것은 아니다.) 어른이 돼서도 무례한 사람들에게 나쁜 영향을 받지 않으려면 잠시 거리를 두며 자발적 아싸가 되는 것도 효과적인 방법이다.

아싸였던 경험들과 자발적 솔로 기간을 종합해보니 이제야 알겠다. 외롭다는 이유 하나만으로 누군가에게 마음대로 "Hi" 하고 "Bye" 하며 떠나면 안 됐다. 소중한 지인들에게만큼은 무슨 일 때문인지 알리고 사라질 것, 떠나야 하는 상황이라면 충분한 이유를 설명해줄 것, 상대가 내 안부에 마음이 열려 있는지 살피고 다가갈 것, 진심으로 감사하다고 표현할 것, 관계를 내 기준으로만 판단하지 말 것. 이처럼 혼자 시간을 보내며 느리지만 하나씩 배워나가는 중이다.

똑똑하고 착한 딸이어야만
되는 줄 알았어

현재의 내가 된 데엔 여러 경험들이 있지만, 그 경험들 이전에 가족의 영향이 무척 크다. 감정적인 교류가 서툰 아빠와 감정이 상당히 풍부한 엄마 밑에서 1남 1녀 중 첫째 딸로 자랐다. 부모님은 대학교 졸업 후 바로 결혼하고 미국으로 넘어가 나를 낳았다. 아는 사람 1명 없는 낯선 나라에서, 처음으로 겪는 유학 생활, 거기에 육아까지. 정말이지 쉽지 않았을 것이다. 어떻게 해야 될지 몰라 아마도 자주 당황했었을 것이다.

생애 처음 만나는 이 여아 생명체를 잘 키우기 위해 어떤 갈등 요소가 생기면 아빠는 대화보단 교육에 더 힘을 쏟았고, 엄마는 내 생각들을 모두 존중하며 적극적으로 친구가 돼줬다. 생각이 배라면 감정은 파도라고 생각한다. 그러니 아빠에게 배를, 엄마에게 파도를 물려받은 셈이다.

물려받은 것들에 대해 감사하지만, 내 기질과 생각들이 그 가치관과 방향성이 맞지 않는다면 바꾸는 것이 옳다. 부모님에게 외출해도 되냐고 허락받는 나이가 지났으면 생각과 감정들도 책임질 수 있어야 한다. 밀려오는 감정의 파도를 막지 못하면 조금 더 잔

잔한 바다로 나가야 하고, 잘 조정하지도 못하는 생각의 배가 삐거덕대면 내 손으로 직접 배를 만들어야 한다. '왜 나는 이 바다에서 이런 배를 타고 있지' 하며 원망하기엔 인생은 너무 짧고, 부모님은 내가 스스로에게 해준 것에 비해 이미 많은 것을 줬기에.

알게 모르게 수많은 타인 앞에서 다양한 역할을 연기하며 살아가는 나에게, 가장 이른 나이에 시작해 유독 잘하는 연기가 있다. 바로 똑똑하고 착한 딸이다. 위의 사실을 모를 땐 부모님에게 연기했다. 나 잘 가고 있다고, 물려받은 배로 이 파도들을 다스리며 잘 항해하고 있다고. 그야말로 '잘 살고 있다'는 연기를 했다. 오늘도 행복하고 나답게 잘 살았다는 것을 보여주려고 했다. 바다 한가운데서 길을 잃었다고, 무섭고 힘들다는 사실을 들키고 싶지 않았다.

부모님을 관객으로 두고 내가 처음으로 연기자가 된 것은 초등학교 4학년 때다. 아빠는 초등학교 때까지 모든 학교 숙제들을 밤마다 확인했고, 마음에 안 드는 부분이 있으면 무섭게 혼냈다. 틀린 문제 개수만큼 장난감 방망이로 엉덩이나 손바닥을 맞았다. 글쓰기 숙제면 글씨가 조금만 비뚤해도 몇 번이고 다시 써 와야 했다. 다시 숙제하는 것이 싫었고 맞는 것은 더 더욱 싫었던 나는 점점 감추기 시작했다.

"오늘은 선생님이 숙제 안 내주셨어."

틀리는 것이 두려워 내가 자신 있게 맞힐 수 있는 문제들만 보여주거나, 반에서 제일 똑똑한 친구들에게 전화를 걸어 정답을 급히 베껴 쓰기도 했다. 성적표도 'A'라고 적힌 성적들만 보여줬고, 'B' 밑으로 받은 것은 서랍 구석에 숨겨뒀다. 아마추어 아역 연기자치곤 준비성도 철저하고 꽤나 잘 연기했던 것 같다.

중학교 때부턴 상황이 달라졌다. 사랑의 매는 사라지고, 부모님도 모든 것을 나에게 맡기기 시작했다. 숙제 검사도 사라지고 못하더라도 혼내지 않았다. 물론 상을 타오거나 높은 등수를 받아오면 여느 때보다 기뻐했다. 부모님이 기뻐하는 모습이 좋았고 계속 보고 싶었다. 가장 사랑하는 내 관객을 실망시키고도 싶지 않았기에 이때부턴 싫은 공부도 내가 제대로 소화해야만 하는 임무가 됐다. 이른바 '완벽주의자 딸'이 돼야 했다. 메소드 연기를 펼치다 보니 공부가 정말로 내 길이라고 믿었고, 낮이고 밤이고 앉아서 공부만 했다. 그 결과 고등학교 1학년 때 민족사관고등학교(이하 '민사고'로 통일)로 편입할 수 있었다.

기특하고 대견하다며, 부모님은 기쁜 마음으로 나를 강원도에 있는 기숙사로 보내줬다. 부모님과 떨어져 지내게 되면서, '똑똑하고 착한 딸' 역할도 거기서 끝이 났다. 민사고는 억지로 공부를 한다고 해서 잘할 수 있는 곳이 절대 아니었다. 내 머리가 허락하는 공간까지 머리에 채웠고, 내 의지가 닿는 데까지만 최선을 다해 공부했다. 졸업은 다행히 할 수 있었지만, 공부로 부모님을 기쁘게 하는 것은 딱 거기까지였다.

대학교에 입학하고 다시 '똑똑한 딸' 연기를 시작해보려고 했으나 공부하는 역할에 흥미가 떨어진 지 오래였다. 오히려 스스로를 만족시킬 수 있는 일을 하고 싶어졌다. 그러니까, 생활 연기가 아니라 '진짜 연기'를 해보고 싶어졌다. 그나마 유지하고 있던 '착한' 딸 역할도 하차했다. 부모님 뜻을 거스르고 몰래 중퇴했다. 자기 멋대로인 딸 역할을 마음 무겁게 몇 년간 지속했다. 나도 관객도 속상했던 시절이었다.

몇 년간 공부가 아닌 연기로, 착한 모습이 아닌 멋진 모습으로 부모님에게 이전과 다른 기쁨을 주고자 애썼다. 똑똑하고 착한 딸은 아니지만, 비록 조금은 싸가지 없고 말도 듣지 않고 가끔은 미울 만큼 제멋대로지만, 그럼에도 행복하고 건강하게, 자기 일을 열심히 하는 매력적인 딸로, 타인을 배려할 줄 아는 그런 사랑스러운 딸 역할을 유지 중이다. 나와 맞지 않던 '똑똑하고 착한 딸'에 대한 집착을 벗어던지니 가족 관계는 그 어느 때보다 화목하다. 각자 인생에서 펼치는 역할들을 응원해주고 있다. 돌이켜보니 똑똑하고 착한 딸은 너무 진부한 역할이 아닌가 싶다. 그보다 부모님을 더 기쁘게 해줄 역할은 분명 많았을 텐데. 옷에 맞지 않는 역할을 열연 중이라면 캐릭터 탐색을 조금 더 해봐도 좋겠다.

　　이젠 직접 찾은 바다에 원하는 목적지를 향해 내 속도에 맞는 배를 타고 나간다. 만약 가다가 삐끗하면 목적지도, 배도 바꾸면 된다. 그런 단단한 믿음이 있다.

어떤 틀 안의
관계가 아니라

누구나 한 번쯤 놀이터에서 친구들과 역할극 놀이를 해봤을 것이다. "나는 신데렐라, 너는 요정할머니 해" 또는 "나는 레스토랑 직원 할 테니까, 너는 손님 해"처럼. 다만 이 역할극은 부모님이 "이제 그만 집에 들어와"라고 하면 적절한 타이밍에 끝을 낼 수 있었지만, 어른이 돼선 중간에 끊어줄 사람이 없어 몇 년째 같은 극을 펼치고 있다. 배우들끼리 종종 동선이 꼬이거나 이야기가 산으로 흘러가기도 한다. 역할이 마음에 들지 않아 바꿔달라고 요청하기도 전에 무대에서 불쑥 내려가 도망치는 경우도 있는데, 이것을 요즘 말로 '손절'이라고 한다.

한때 미국 드라마 〈프렌즈〉에 나오는 등장인물 중 1명이고 싶었다. 재미있는 친구들에 둘러싸여 부딪치고 농담하고 노는 것이 내가 늘 그리던 이상이었고, 실제로도 그랬다. 그런 친구들 사이에 둘러싸여 자주 만나 놀았다. 그나마 다행은 내 역할극엔 그들에게 바라는 역할이 없었다는 것이다. 그저 그 무리 중 한자리를 차지하면 그것으로 충분했기에 몇 년간 프렌즈의 일원으로 있었다. 하지만 모두가 같은 장르의 드라마를 찍고 있지 않다는 것을 잠시 망각했다. 이따금 친구들이 내게 서운해하는 일이 생겼다. 고민을 털어놓지 않는 나를 보고 자신들을 친한 친구로 생각하지 않는 것이 아니냐며 추궁했다. 그들에게 딱히 바라는 것이 없었던 나는 그들의 서운해하는 모습을 솔직히 이해하기가 어려웠다.

우정에도 종류와 형태가 무척 다양했다. 슬플 때 옆에 있어주길 바라는 친구, 기쁠 때 소식을 나눠주는 친구, 일상에서 늘 함께해주는 친구, 술을 같이 마시는 친구, 부모님까지 알고 지내는 친구 등 모두가 각자마다 '친구'에 대한 정의가 있겠지만, 내게 있어 친구는 연인이나 가족과 마찬가지로 정의를 내릴 수 없는 존재다. 누군가에게 친구라는 틀을 씌우는 순간, 우정은 명분으로 변할 수 있다. '친구이기 때문에' 옆에 있어줘야 하고, 나도 답을 알지 못하는 고민을 들어줘야 하고, 무슨 일이 있으면 챙겨줘야 하는 것이 아니라, 그저 마음을 담아 아껴주는 사람이 친구라고 생각한다. 아끼기에 내 시간에 그들을 포함시키고, 같이 머리 맞대어 고민해주고, 뭐든 나눠주고 싶다.

내가 경험한 모든 드라마나 무대는 슛이 들어갔을 때보다 그 비하인드가 항상 재밌고 기억에 남았다. 달달 외운 대사는 컷 하면 까먹는데, 그날 어느 스태프와 나눈 즉흥적인 대화, 슛 들어가기 전에 배우들과 웃고 떠들었던 순간들, 카메라 뒤 누군가의 장난, 촬영이 끝난 후에 나눈 고민들은 전부 생생하다. 앞으로도 오래오래 간직하고 싶다.

〈프렌즈〉는 종영했다. 하지만 우리들의 관계는 정해진 대사와 연출 없이도 언제 어디서든 웃음을 이어갈 수 있길 바란다.

part 6

나

지금 그대로의 나를
아끼고 싶어서

나와는 맞지 않는
옷을 입고

내게 오는 질문엔 항상 '민사고 출신'이라는 말이 붙어 있었다. "민사고 나왔다며? 이 문제 어떻게 생각해?" 또는 "수학 좀 풀어줄 수 있어?", "제2외국어가 스페인어라며, 이 문장 스페인어로 뭐야?", "민사고에선 이런 거 안 배워? 왜 몰라?" 등. 이런 말들을 들을 때마다 비어 있는 뇌를 들킬까 식은땀부터 났다. 오디션장에선 "민사고 출신인데 공부를 왜 그만뒀어요?"라는 질문을 들었고, 회식 자리에선 자연스럽게 "쟤 민사고 출신이래요"라는 말이 오고갔다.

20대 중반 때까진 타이틀에 누가 되지 않게, 사람들의 기대에 부흥하기 위해 '민사고 출신'다운 답변을 준비해 다녔다. 그러니까, 엘리트 이미지를 최대한 '연기'했다. 책은 늘 옆에 있어야 하고(사놓고 안 읽은 책이 아직도 수두룩하다), 옷은 단정하게 입고, 목소리는 커지지 않도록 조심하고, 언제 어디서나 교양 있게 행동하려고 노력했다. 이 캐릭터를 연기하는 일은 몹시도 힘들었지만, 그럼에도 꽤 오래, 열심히 연기했다.

꼭 맞지 않는 옷을 입은 나는 어딘가 늘 어색했다. 똑똑하고 교양 있는 연기를 펼칠 때마다 발연기를 했다. 말을 더듬거리거나, 행동이 부산스러워지거나, 어 떨 땐 정말 식은땀이 나기도 했다. 왜 그토록 민사고 출신 역할에 집착했을까.

당시엔 스스로 그보다 특별한 역할이 없다고 여겼다. 마치 술자리에서 술 잘 마시는 것이 특권처럼 느껴지듯, 어느 무리에서든 민사고 출신이라고 사람들이 치켜세워주면 어느 순간 특별해진 기분이 들었다. 하지만 그것은 내 좁은 생각에 지나지 않았다. 어디 출신, 어디 소속은 화려한 날개가 돼주긴 하나, 거기에 얽매이면 오히려 족쇄가 된다. 타이틀에 가려져 본 모습을 드러내기 어려워지고, 타이틀을 얻었다는 이유로 도전을 멈추기도 한다.

학벌이 전혀 사람을 특별하게 만들어주지 않는다는 것을 깨닫고, 민사고 출신 역할에 대한 욕심을 내려놓았다. 드라마 〈내 아이디는 강남미인〉 출연 이후 회사에서 예능 프로그램인 〈문제적 남자〉 미팅에 나가보라며 제안했었다. 신인 배우로서 너무나 특별하고 고마운 기회라는 것을 알지만, 고민 끝에 조심스레 나가고 싶지 않다는 의견을 전했다. 똑똑한 이미지를 만들고자 하는 생각이나 그런 생각이 들게 만드는 환경을 최대한 피하고 싶었기 때문이다.

하버드대학교 출신도, 판사도, 할리우드 배우도, 명문가의 자제도 우리와 똑같이 바다 한가운데서 종종 길을 잃는다. 그러니 타이틀보단 길을 잃었을 때 거기서 멈추지 않고 찾아나설 수 있는 용기를 가지는 편이 더 중요한 일이 아닐까.

단지 성공하기만을
바라왔는데

성공의 사전적 의미는 '목적하는 바를 이룸'이라고 한다. 나는 더 나아가서, 내가 목적하는 바를 이뤄 현실이 되게끔 하고 싶다.

사실 성공에 대해 오랫동안 집착해왔다. 머리와 마음 속 깊숙한 곳에 성공을 향한 욕망이 짙게 깔려 있는 것이 아닐까 싶을 정도로. 가끔은 입력값이, 그러니까 목적이 불명확할 때도 오로지 성공이라는 출력값을 내기 위한 선택과 행동을 해왔다. 사람마다 분명 차이가 있겠지만, 내게 깔려 있는 이 욕망은 부모님으로부터 물려받았다. 그것도 상당히 사양이 높은 것으로. 이후엔 스스로 업데이트 하는 일을 잊지 않고 꼬박꼬박해왔다. 성공하고 싶었기 때문이다.

인생의 각 단계에서 이루고 싶은 일들은 매번 달랐다. 첫 10년은 자아라는 것이 생기기도 전이었기에, 부모님이 내 인생의 조종대를 잡고 움직였다. 그리고 그들은 많은 노력과 투자 끝에 똑 부러지고 주체적인 초등학생을 만드는 데 성공했다. (유일하게 투자 대비 처절한 실패를 본 것은 내 음악적 소질이다. 바이올린 4년, 플루트 2년, 피아노 1년…. 엄마 미안한데, 나 아직도 음치야.) 12살 때, 자연스레 인생의 조종대를 이어받았고, 감사하게도 부모님은 내 의견을 모두 존중해줬다. 하지만 (다른 초등학생들은 어땠는지 모르겠지만) 나는 기존의 방식을 어떻게 바꿔나가야 할지 알지 못했고, 그것은 부모님을 포함해 그 누구도 알려주지 않았다. 이후 10년은 '공부'에 인생의 성공값을 뒀고, 성적을 잘 받기 위해, 대회에 나가서 상을 타기 위해, 공부로 인정받기 위해 성실히 살아갔다. 공부를 잘해야 성공을 한다고 생각했고, 반대로 그러지 못하면 실패했다고 여겼다.

그러나 어느 순간 이상이 생겼다. 20살부터 몇 년간 인생에서 '오류'와 '경고' 알림이 반복됐다. 어느 상황이든 이유 없는 오류와 경고는 없다. 무언가 잘못됐고, 나는 이 문제를 들여다볼 의무가 있었다. 그렇게 들여다본 결과, '나'라는 사람의 본체가 10대 때와 너무도 달라져 기존의 방식처럼 돌리기엔 맞지 않는 부분이 많음을 확인했다. 그렇다면 다른 사람들은 어떨까? 주변을 유심히 살펴봤다. 20살 때까지만 해도 나는 모두가 나처럼 살아간다고 생각했다. 하지만 아니었다. 사람들의 성공 기준은 공부뿐만 아니라 명예, 권력, 자본, 사랑, 봉사, 인성 등 다양했다. 성공에 대한 욕망이 없는 사람도 많았다.

나는 내가 되고 싶은 사람들을 위주로 자세히 관찰했고, 그들의 방식을 내 것으로 만드는 커스터마이징 작업을 했다. 그때부터 공부가 아닌 내 꿈을 위한, 그러니까 배우가 되기 위한 여정이 시작됐다. 이전과는 다른 방식이었기 때문에 시행착오가 여럿 있었지만, 훨씬 자유롭고 열정 넘쳤다. 그런 내 모습이 굉장히 만족스러웠다.

연기 학원을 다니고, 대학교를 중퇴하고, 오디션을 보고, 촬영하고, 운동하고, 책을 읽는 등 '배우'라는 결과물에 가까워지기 위해 노력했다. 일상생활에서도 '어떻게 하면 이 경험이 연기에 도움이 될까?'를 생각했다. 술을 마시고 담배를 피울 때, 노래를 틀어놓고 집 청소를 할 때, 스트레스성 장염으로 응급실에 갈 때, 어떨 땐 연애하는 일까지 '배우가 되기 위한 필수 과정'이라 생각했다. 성공에 대한 집착이 나를 지배했던 시기였기에 내 모든 행동의 이유가 자연스레 '배우'로 귀결됐다. 어쨌든 이런 집착이든 강박이든, 어느 정도 결과물을 낳는 데 기여한 것은 사실이다. 눈에 보이는 성과를 가져다줬으니까.

한땐 공부를 잘하는 일이, 최근까진 배우가 되는 일이 내가 이루고자 하는 것이었다. 그리고 모두 이뤘다. 공부를 잘하는 학생들이 목표로 하는 학교에 입학했고, 그토록 원하는 작품에 출연했다. 이 결과물들은 10살 때부터 내가 아등바등 열심히 노력해서 얻은 것이기에 숨길 필요도, 부끄럽지도, 부정하지도 않는다. 다만….

'그래서 내가 성공을 한 것일까?'

이 질문에 대한 답변만은 망설이게 된다. 떳떳하게 답을 내리지 못하겠다. 성공에 대한 기준은 당연히 사람마다 다를 것이다. 어느 누구는 대단한 성공이라고 말할지도 모르고, 어느 누구는 '겨우 그 정도 가지고?'라고 생각할 것이다. 그럼 내 기준으로만 본다면 어떨까? 내가 그토록 원하던 일들을 이뤘으니 성공했다고 볼 수 있을까? 머릿속에서 길을 한참 헤매고 출구를 찾지 못하다 최근에서야 답을 내놓았다.

성공, 실패, 그리고 반복이었다. 나는 이때까지 성공만 있는 줄 알고, 성공하기 위한 프로그램만 과부화가 걸릴 때까지 돌렸다. 목적이 불명확해도 명확한 결과물을 바랐다. 무조건 성공하고 싶다 외쳤다. 그래서 실패가 닥치면 당황했고, 받아들이는 데 많은 시간과 에너지를 소모했다. 무엇보다 '공부'와 '배우'는 애초에 목적이 아닌 목표임을 난 알지 못했다. 어느 행동을 하는 데 있어 목적은 행동을 하는 이유이고, 목표는 목적을 도달하기 위한 하나의 과정이라고 생각한다. 내 삶의 목적은 타인의 인정과 실패로부터의 도피였고, 공부와 연기는 그 목적을 이루기 위한 목표였다.

공부를 아무리 잘해도 남들이 인정해주지 않는다면 과연 밤까지 새가며 책상 앞에 앉아 있었을까? 소위 상위 학교를 가지 못한다는 것을 만약 알았다면 그토록 열심히 공부했을까? 연기가 좋아도 작품을 할 수 있는 기회가 주어지지 않는다면 그럼에도 연습했을까? 연기할 기회가 생겨도 가족과 친구들이 끝까지 믿어주지 않으면 그럼에도 오디션을 계속 보러 다녔을까? '인지도'라는 요소가 배우라는 직업에서 빠진다면 그래도 연기를 했을까? 정말?

이 질문들에 대한 답은 어째서인지 전부 빛의 속도로 나온다. 아니다. 전부 안 했을 것이다. 물론 공부에 대한 즐거움이 아예 없었거나, 연기에 대한 욕심이 전혀 없었던 것은 아니지만 인정 욕구와 실패에 대한 두려움을 앞서진 못했다.

오디션을 보거나 인터뷰를 하면 내가 다녔던 민사고에 대해 꼭 질문하지만, 그곳에 적응하지 못해 화장실 칸에서 숨어서 울었던 사실은 굳이 말하지 않았다. 그 이야기를 그다지 궁금해하지도 않으니까. 명문 대학교를 중퇴하고 과감히 연기를 도전했지만, 그 후에 찾아온 우울증은 철저히 내 몫이었다. 무대 위에서 웃고 울고 내려온 뒤에 찾아오는 공허함은 언제나 나를 집어삼켰다.

드라마 〈경우의 수〉 촬영이 있는 아침이면, 눈을 뜨자마자 정체 모를 답답함이 밀려오곤 했다. 창밖을 보면서 담배 1개비를 피우고 현장에 갈 생각을 하면 숨이 턱 막혔다. (현장 분위기와 사람들과의 관계는 너무 좋았다. 외부의 문제가 전혀 아니었음을 밝힌다.) 그래도 그날의 촬영을 잘해내기 위해 이미 한참 전에 고장난 프로그램을 재부팅하고 억지로 작동시켜 움직였다.

'나는 왜 연기를 하려고 하지? 왜 이렇게 연기가 부담스럽지? 그토록 바라던 일인데 왜 실패자가 된 기분이 드는 거지? 누군가의 인정도, 타이틀도 내가 원하는 목표가 아니면, 그럼 무엇을 원하는 거지? 어디서부터 잘못된 거지?'

그토록 바라왔던 드라마에 꽤나 비중 있는 역할을 맡았을 때, 그때서야 나는 그동안 잘못된 길을 걸어왔다는 것을 깨달았다. 연기로 성공하고 싶은 집착은 그 어느 집착보다 내 삶을 깊게 파고들었다. 생활 전반을 기쁘게 만들 때도 있었지만, 대부분은 불안하게 만들었다. 특히 오디션을 떨어질 때마다 타격이 컸다. 연기는 공부와 다르게 내가 하고 싶어서 선택한 길이었고, 그만두고 싶은 생각은 더더욱 없었기에 재정비할 시간이 절실했다. 회사 대표님에게 어렵게 말했다.

"저 회사를 나와 조금 쉬고 싶습니다."

휴식을 선언했다. 작품을 하지 않더라도 오디션조

차 보지 않으면 안 될 것 같다는 불안감에서 벗어나기 위해, 연기에 대한 생각을 잠시 멈추기 위해, 안전지대로 숨기 위해서. 그리고 2년이 지났다. 지금은 성공에 대한 집착을 거의 내려놓았다. 재정비할 수 있었던 귀중한 시간이었다. 만약 그 상태로 계속 달렸다면 어땠을까? 설사 다른 작품에서 더 좋은 역할을 맡았어도 언젠가 더 큰 대가를 치러야 했을지도, 또는 잠시 멈추기 위해 지금보다 더 강한 결단력이 필요했을지도 모른다.

잃을 것이 없을 때 잠시 내려놓는 일은 비교적 쉬웠다. 현재 내 향후 10년을 움직이게 해줄 프로그램을 개발하고 있는 중이다. 이번엔 잊지 않고 목적과 성공의 과정에 '실패'까지도 꼭 포함시키려고 한다. 성공하고 싶다. 다만 실패의 배움을 경험할 수 없거나, 확실하지도 않은 목적을 가지고 또 다시 성공만을 무작정 바라는 마음은 이제 없다.

언제나 꿈꾸는 사람이
되고 싶다

나는 '꿈'이라는 단어에 환장한다. 꿈은 여럿이서 행복의 나라로 떠나는 느낌을 준다. 오로지 나만 아는 동화 속 세상 같다. 원하는 일이 있으면 그것을 이루기 위해 현실에서 부지런히 움직이는 것은 당연한 이야기겠지만, 그보단 잠들기 전 침대에 누워 나만의 꿈을 그려보는 일이 더 좋다. 미래만을 떠올려선 안 되겠지만, 나는 꿈꾸는 행위가 너무 좋다. 어릴 때부터 줄곧 그랬다.

어릴 적 꿈들은 몽상들에 지나지 않았다. 디즈니 영화를 보고 자란 나는 공주가 돼 백마 탄 왕자님을 기다리곤 했다. 조금 커서는 《해리포터》를 쓴 J. K. 롤링의 소설 속에서 살았다. 호그와트에 다니는 학생으로 덤블도어 군대의 일원이 돼 마지막 전투에서 용감하게 싸웠다. 아직까지도 물건을 부르는 주문 "아씨오"를 종종 외치곤 한다. (아주 가끔 "아씨오 물" 하면 주문이 정말로 통할 때가 있다. 다만 친한 사람들 사이에서만 통한다.) 미디어의 영향을 받은 마지막 몽상은 의학 드라마 〈뉴하트〉다. 흉부외과 의사가 되기 위해 의대 입학 전형을 알아보고, 그것을 출력해 책상

위에 두고 보면서 '은성 오빠' 같은 사람을 만나길 간절히 바랐다.

이때까지만 해도 꿈도 많고, 그 꿈들은 나를 기쁘게 해주고 안정감을 줬다. 하지만 아쉽게도 나이가 들고 사람들과 섞여 살다 보니, 동화나 웰메이드 드라마보다 타인의 이야기에 더 큰 영향을 받게 되면서 꿈들이 점차 변하기 시작했다. 나도 모르게 내가 잘 보이고 싶은 사람들의 꿈에 맞춰 살아가거나, 그들의 말한마디에 내 꿈이 와장창 무너지기도 했다. 그렇게 오랫동안 내 꿈은 타인의 영향을 받아왔다.

지금은 내 꿈이 가장 가까운 부모님이나 친구일지라도, 절대로 타인으로부터 변형되지 않도록 노력한다. 그중 효과가 가장 있었던 방법은 꿈을 조용히 나 혼자서만 간직하는 것이다. 사랑하는 사람이 "그건 안 돼"라고 부정하는 순간 아무리 굳건한 사람이라도 흔들리기 마련이다. 애초에 이 모든 경우의 수를 방지하고자 나 혼자서만 생각하게 됐다.

'배우가 되겠다'는 꿈을 꿨다면 연기할 기회를 찾으면 된다. 새로운 사업에 도전하고 싶으면 그냥 하면 된다. 누군가에게 성을 지을 거라 말하는 대신, 묵묵히 성을 짓는 것이다. 그리고 하나가 완성되면 혼자 잠시 만족하고, 그다음 나라로 떠나 새로운 성을 그린다. 당연히 어디로 갈지도 비밀이다. 다른 사람에게 이야기하는 것이 물론 도움될 때도 있겠지만, 나 혼자서 밀도 있게 생각하고 움직이는 편이 훨씬 효과적일 때가 많다. 고민들을 털어놓는 순간, 내 꿈들을 말로만 그리는 순간…. 꿈의 마법은 사라지고 만다.

꿈이 있다면 지켜야 한다. 다른 것은 몰라도 꿈만큼은 죽을 때까지 집착하고 싶다. 성공을 하든 실패를 하든, 언제나 늘 다시 꿈꾸는 삶을 살고 싶다. 현실의 반대말이 꿈이라고 하면, 불안의 반대말은 믿음이라고 생각한다. 두려움과 걱정으로 빚어낸 불안에서 벗어나려면 내가 원하는 바가 이뤄질 것이라는 믿음이 절대적으로 필요하다. 믿음이 생기는 순간, 장담컨대 디즈니 동화보다, 호그와트보다, 그 어느 드라마보다 몽환적인 꿈이 현실에서 펼쳐질 것이다.

새삼 초등학생 때 놀면서 느꼈던, 정말 순수한 즐거움을 느낀다. 세상이 놀이터 같다. 처음으로 독립적으로 생각하고, 마음먹은 대로 세상이 펼쳐질 수 있다는 것을 경험했다. 이 느낌이 평생 가지 않을 것이기에 충분히 만끽하는 중이다. 제대로 된 목적과 구체적인 계획, 그리고 망설임 없는 행동은, 내가 원하는 일들을 이루게 해줬다. 아니, 그 이상으로 재미있는 일들이 펼쳐졌다. 일기장과 그림들이 내 인생의 스케치북이라면, 현재의 내 하루하루는 동화의 현실판, 해피엔딩의 영화, 이미 이뤄진 꿈이다.

인생이라는 작품에
주인공으로 살기

연기하는 것을 업으로 삼은 배우지만, 배우처럼 보이기 위해 연기를 할 때가 더 많았다. '요즘 배우'들의 소식이 그 무엇보다 궁금했고 귀를 쫑긋 세우며 다녔다. 어느 작품에서 어느 배우가 캐스팅됐는지, 어느 배우가 연기를 잘하고, 어느 배우가 연기를 못해서 잘렸는지, 왜 그 배우는 캐스팅이 잘 되고 어떻게 연기를 하는지, 요즘은 어느 소속사가 일을 잘하고 어떤 자질의 배우를 찾는지, 사람들이 원하는 배우는 어떤 배우인지 등의 정보들을 업데이트하기 위해서. 실제로 내가 궁금한 정보들이기도 했다. 이렇게 수집한 모든 데이터를 바탕으로 '좋은 배우'가 되고자 애썼다.

이 고집은 끈질기게 나를 괴롭힌 동시에 가장 많이 발전시켜줬다. 일어나자마자, 샤워할 때, 밥 먹을 때, 길을 걸을 때, 친구들과 놀 때, 데이트할 때 온종일 촬영 생각만 했다. 상대 배우가 예상 밖의 대사 호흡을 주거나, 감독이 다른 연기를 요구하는 다양한 변수들에 경우의 수를 떠올리며 여러 번 시뮬레이션을 돌렸다. 지금 생각하면, 전혀 효율적이진 않았지만 현장을 예상하기 어려운 신인 배우의 입장에선 최선의 방법이었다.

　당연히 내 뜻대로 되지 않은 날들이 더 많았다. 그 상황을 쉽게 받아들이지 못하고 그때부터 삽을 들고 혼자 저 끝까지 땅굴을 팠다. 일기 쓰고, 술 마시고, 울고, 분노하고, 괴로워했다. 그러다 이성이 조금씩 돌아오면 답을 찾기 위해 같은 장면만 몇 시간씩 돌려보며 눈이 빠지도록 모니터링했다.

　욕심이 과했을까. 결국 번아웃이 찾아왔다. 욕심나는 역할이었지만 그만큼 나를 구렁텅이로 내몰며 괴롭게 만들었다. 시간을 가지고, 조금 멀리 떨어져서 나를 찬찬히 관찰했기 시작했다. 그리고 그동안 힘들었던 이유를 발견했다. '다른 배우는 이렇게 했는데', '회사에서는 이런 모습이 좋다던데', '감독님은 이런 스타일의 연기를 더 선호하는데' 등 내 장점을 면밀히 살피기보다 다른 사람들이 만들어놓은 '배우'라는 기준에 지나치게 맞추려고 했기 때문이었다. 객관적으로 볼 수 있는 기회가 되기도 하겠지만, 내가 내 모습을 전혀 모르는데 그것이 다 무슨 소용일까.

　"우리 모두가 연기를 하면서 살아간다. 나는 이 사

실을 알고 연기에 더 가까워질 수 있었다."

영화배우 메릴 스트립이 한 말이다. 만일 우리가 각자의 영화에서 모두 연기를 하고 살아가는 것이라면, 나는 내 삶이라는 영화에서 내가 원하는 역할로 최선을 다해 살아가고 싶다. 남의 영화에, 그들이 원하는 캐릭터로 살아가는 것보다. 내 멋대로 살면 좀 어때? 그리고 내 멋대로 연기하면 좀 어때?

생각보다 괜찮은
오늘의 나를 기록하다

자가 격리를 마치고 드디어 밖을 나왔다. 가벼운 산책이 목적이었는데 나오자마자 쇼생크 탈출한 것마냥 신나서 골목을 방방 뛰어다녔다. 분명 1주일 격리 기간 동안 예상과는 다르게 별다른 답답함 없이 보냈고 오히려 끝나가는 것이 아쉬울 정도였는데, 막상 나오니 바깥 공기를 이렇게나 사랑했던 사람이었나 싶었다.

숨도 깊게 들이마시고 (놀랍게도 미세먼지 하나 없

이 완벽했다.) 새삼스레 주변 나무들을 보며 그동안 몰라 봐줬구나 싶은 마음에 한 번 더 자세히 들여다봤다. 이제 막 피기 시작한 벚꽃과 목련은 마치 내 격리 해제를 기다려준 것 같은 착각을 불러일으켰다. 그만큼 아름다웠다.

마음을 조금 진정시키고 발걸음이 기억하는 대로 산책을 하기 시작했다. 날씨가 좋아서 그런지 늦은 시간임에도 불구하고 확실히 1주일 전보다 사람들이 늘어났다. 1년밖에 안 된 내 잠실 산책로는 이렇다. 방이시장에서 시작해 송리단길을 골목골목 살핀 뒤 석촌호수를 1바퀴 돌고 돌아가면 된다. 마침 벚꽃 핀 석촌호수를 보며 언제든 이 아름다운 광경을 볼 수 있음에 감사하고 다음엔 혼자가 아니라 다른 사람과 꼭 같이 와야지 다짐하고 집으로 돌아가려는데, 롯데월드를 지날 때쯤 생각이 불현듯 튀어올랐다.

'지금까지 집착으로부터 자유를 이야기했는데, 이 모든 것이 자유에 대한 집착 아닌가?'

사실은 걱정스러웠다. 쉬는 시간이 주어져도 편히 쉬어본 적 없었던 나이기에. 그런데 걱정했던 것보다 괜찮았다.

이 책을 쓰게 된 배경엔 출판사로부터 받은 제안이 컸다. 나만의 메시지가 담긴 에세이를 내보지 않겠냐고 했다. 처음엔 이 모든 것이 그저 신기했다. 내가? 상업 출판을? 내가? 에세이를? 애초에 《신인일기》 서점 입고 문의 이메일로 시작된 이 미팅도, 난생처음 출판사 사무실에 온 것도 신기한데, 모든 것이 생소했던 이날, 대표님으로부터 책 제안이라니.

《신인일기》는 내가 연기를 쉬는 동안 만든 첫 독립 출판물이다. 그동안의 연기 기록들을 한군데에 모아보고자 시작한 개인 작업이었는데, 글을 하나둘 모으다 보니 나 혼자 보기 아깝다는 생각이 들었다. 누군가에겐 도움이 될 글이 있을 것이라고 판단했고, 그렇게 출판까지 하게 됐다. 출판이라는 개념이 생소하기도 하고, 전부 처음 겪는 과정들이라 어려웠던 것은 사실이지만, 내 인생 처음이자 마지막 책일 거라는 생각에 마냥 설레서 지치지 않고 작업을 이어나갈 수 있었다. 그럼에도 불구하고 책을 만드는 일이 체력적으로도, 정신적으로도 얼마나 고된 작업인지 충분히 알

수 있었다. 그 일이 끝난 것이 바로 얼마 전, 그때의 느낌이 회상할 필요도 없이 생생한데 쉴 틈 없이 바로 작업을 할 수 있을까 두렵고 걱정스러웠다.

과연 또 할 수 있을까? 독립 출판은 편집, 디자인, 인쇄, 포장, 유통, 홍보 등 책 제작에 관한 전반을 처음부터 끝까지 내가 관리해야 했다면, 상업 출판은 앞서 언급한 과정에 쏟을 모든 열정을 글에만 집중하면 된다. 그렇게 생각하니 너끈히 해낼 수 있을 것 같다가도, '나는 작가도 아닌데 지금 뭐 하는 거지' 하며 잠시 자아에 혼란이 오기도 했다.

그전까지 내게 글이라곤 밤에 혼자 술 마시며 쓰는 일기가 전부였다. 가까운 사람에게 메시지를 전하고 싶을 때면 편지지보다는 1~2줄 안에 마음을 전달할 수 있는 엽서를 선호해왔다. 어쩌다 보니 《신인일기》를 통해 일기 내용을 공개하긴 했지만, 그럼에도 작정하고 누군가를 대상으로 글을 써내려가는 내 모습은 상상이 잘 안 됐다. 무엇보다 이미 전 책에 내 모든 것을 쏟아부었기도 했다. 글을 쓸 시간은 있어? 무슨 글을 쓸 건데? 어떤 책을 낼 건데? 그리고 가장 중요한 것은, 하고 싶은 이야기가 더 남아 있어? 스스로 되뇌는 질문들에 이성은 없다고, 못 한다고 강하게 외쳤지만, 가슴 깊숙한 곳에서 희미한 떨림이 자꾸만 나를 자극했다.

그렇게 대표님과 대화하는 동안 심한 내적 갈등에 시달렸고, 내 복잡한 마음을 넘치도록 표현하고서 미팅을 마쳤다. 사무실을 나서기 전, 딱 1주일 정도 고민할 시간을 달라고 요청했고 대표님은 흔쾌히 알겠다고 말했다. 그리고 일어나려는 내게 40도짜리 술과 고운 흰색 일기장을 선물로 줬다. 대표님은 천재임이 분명하다. 그날 밤 너무나 자연스럽게 술을 따랐고, 얼마 뒤 이 영롱하게 생긴 일기장의 부름을 받아 글을 써내려갔다. 30살이 된 내가, 지난날 애정하고 미워했던 내 안의 집착들에 대해. 부디 이 책이 많은 사람에게 가닿길 바라는 마음으로 이만 마친다.

애정하고 미워했던 내 안의 집착들에 대하여

실은 아주 작은 불안이었어

초판 1쇄 발행 2022년 9월 28일

지은이 백수민
책임편집 진다영 | **책임디자인** 정나영
편집 조형애 | **디자인** 허윤아 | **마케팅** 안수현, 백수민, 이가연
펴낸이 이민섭 | **펴낸곳** 텍스트칼로리 | **발행처** 뭉클스토리
출판등록 2017년 4월 14일 제 2017-000022호
주소 서울특별시 영등포구 선유로27, 1212호
전화 02-2039-6530 | **홈페이지** www.moonclestory.com

ⓒ 백수민, 2022
ISBN 979-11-88969-57-9 03810

여러분의 소중한 원고를 기다립니다.
텍스트칼로리는 독자 여러분의 의견에 항상 귀 기울이고 있습니다.

이메일 txt.kcal@moonclestory.com / **인스타그램 출판사** @txt.kcal_book **책방** @txt.kcal

※ 잘못된 책은 구입하신 곳에서 바꿔 드립니다.
※ 책값은 뒤표지에 있습니다.